感動の物語

城正真宏《しろまさまさひろ》

今日の話題社

目次

国吉とたかしの物語

ある時、こういう人物がいた。

毎日人をいじめては快感を覚え、グループで人をいじめていた。しかしその仲の良い者達も日に日に勉強やスポーツに力を入れはじめ、いじめる数が減っていった。そして最後にいじめるのは一人だけとなった。この人物は生き物を見ては石をぶつけたりするような人物だった。

この人物はとても好きなおじいさんがいたのだが、その人物から「人の心の分からぬ者は人間ではない。いじめられる人間の気持ちが分かってこそ真の優しさを分かる人間となれるのだよ」と言い諭された。それからというもの、この人物は人をいじめなくなった。

この子供は実は老人と二人暮らしをしていた。名はたかし。老人は国吉と言った。

この子供の家族は皆色々な場所で働いているため、実家であるこの家には国吉とたかししかいなかった。たかしのおばあさん、つまり国吉の妻はもう死んでいた。

たかしは母親に甘えたいさかりだったのだが、母親はたかしを生んでまもなく死んでしまった。しかし国吉がいてくれたので心を紛らわすことが何とかできたのである。父親は働くことで精一杯で子供の面倒を見ている暇はなかった。

この子は兄弟もおらず一人ぼっちで、唯一話し相手になってくれたのは老人と近くの家に住む心の優しいおばさんだけだった。このおばさんは夫がいるのだが子供がおらず、たかしを自分の子のように可愛がっていた。夫の方はあまり相手にしなかった。

国吉とたかしの親戚は、こんなやんちゃな子供も国吉もいちいち面倒見ていられるかというような態度をいつもしていた。国吉とたかしの生活費は父親と親戚が毎月払っていた。

老人国吉は普段田や畑を耕すことをしていたのだが、ある日たかしに国吉はこう言った。

「自然とその土地に住む人々や自然と生活する人々を見ることで自然の偉大さが分かってくる。一本の雑草にも命があり、その雑草をちぎることでまた自然が循環して田や畑が潤され、その他の自然の植物等もたくましく育つ。自然と田畑は切っても切れない関係があり、自然は生物なのだよ」

ここに自然のその土地に住む人々や自然と生活する人々を見ることで自然の偉大さを知

り、またこのことから人間だけが生きている世界でなく、命は自然の全てに宿っているということに気づかねばならないという教訓が生じるのである。

たかしは「よく分からないけど自然て大切なんだなー」と言った。

また国吉は「森や山は山菜やのどを潤す自然の水を与えてくれる。川や海は魚や貝などの恵みを与えてくれる。山は自然の息吹を与え海は自然の広さ、雄大さを感じさせてくれる」と語った。

さらに続けて「お前も自然の偉大さを感じ取れる人物になれば素晴らしい人間になれるかもしれないな……」と少し微笑んで言った。

たかしは「自然ってすごいんだなー、自然の大切さを知ったらおじいちゃんみたいになれるかなー」と話した。

国吉は「おじいちゃん以上になることも可能だ、ハハハハ……」と言った。

たかしは「分かった、努力する」と言った。

たかしは国吉の語ったことを大切にした。そしてこの言葉によってたかしは、自然の大切さを知り、人をいたわり、自然を大切にする者となった。

これらのことによって、人の悲しみを知らぬ者は真の優しさを知らぬ者であり、自然を尊敬しない者は自然の悲しみを知らぬ者である、人の優しさ自然の偉大さは自らの経験でなければその素晴らしさを知ることはできない、という教訓が生まれるのである。

たかしは国吉のことで気になっていたことがあった。それはなぜ右目が傷ついているのかということだった。そこでたかしは思い切って聞いてみた。

「お爺ちゃん、なぜ右目が傷ついてるん?」

すると国吉は「昔この国にも戦争という名の国対国の人殺しを行わなくてはならないときがあって、別の国の人を殺さないと逆に殺されてしまうという時代があったんだ。その頃に右目を負傷してしまったんだ」と話した。

たかしは理解した。たかしはもう一つ質問をした。

「もう一つ疑問があるんだけど、なぜお爺ちゃんは良く台所や洗面所へ行くの? 気分が悪くなるため?」と聞いてみた。

すると国吉はこう答えた。「ハハハ……それはお前に話すことではない。別に病気でもなんでもない。ただときどき気分が悪くなるだけさ……お前は気にしなくてもいいんだよ……」と言った。

たかしは「それならいいや……」と明るくなった。

ある日、近所の心の優しいおばさんが来てスイカを持ってきた。国吉とたかしに「スイカを持ってきたから一緒に食べよう」と言い誘った。

たかしは「ラッキー」と言い、国吉は「いつもすみません」と礼を言った。

そしてスイカを食べているとき国吉は急いで台所へ行った。そこにおばさんが来て「大丈夫ですか?」と言った瞬間、国吉は吐血した。

おばさんは実はこのことを知っていた。おばさんが「やはり入院したほうが……」と言うと国吉は「今の生活を続けさせてください。私にとって今のこの生活が一番幸せなのです……」と言った。

たかしは気にせずにスイカを食べていた。

しばらくして国吉とおばさんが戻ってスイカを食べはじめた。そしてしばらくして国吉もたかしもおばさんもスイカを食べ終え休んでいた。

「たかしくんはすいか美味しかった?」とおばさんが言うとたかしは「結構美味しかった」と言った。

「こういうときは冗談でもとても美味しかったと言わなくちゃだめよ」と笑いながらおばさんに言われた。

国吉も「そのとおり、とても美味しかったと言わないとな……」そこでたかしは「今日のスイカとても美味しかった……」と言い、皆を笑わせた。

国吉は「しばらく休むよ……」と言い、家の奥に入って行った。おばさんもついて行った。

そしてしばらくの間たかしは一人で外を眺めていた。

しばらくするとおばさんが「もう帰るね。今日は楽しかったよ。じゃあね、たかしくん…

…」と言い帰って行った。

またある日、国吉が畑を耕しているとたかしが学校から帰ってきた。そこで国吉はしばらく休むことにした。たかしは休んでいる最中の国吉のところに来たので国吉はこういうことを語った。

「昔イエス・キリストという偉大な人物がいたのだけれど、この人物の言葉でこういうものがある。〝汝の敵を愛せよ〟という言葉だが、汝の敵とは、つまり自分の敵のことだが、なぜ自分の敵を愛せよと言ったのか分かるかな?」

たかしは「分からない……どういうこと? おじいちゃん?」と尋ねると、国吉は続けて言った。

「汝の敵を愛せよ、とは敵を作らない、または争いを避ける方法を語っているのだよ。自らの家族が殺されても敵を恨んではいけない。敵を恨めば争いが続くだけで、何の解決にもならない。そういう悪循環を断ち切るために汝の敵を愛せよと言ったのだろう。もう一つ、汝の敵にも家族や兄弟がいる。友達や恋人がいる。その者達を争いに巻き込まないために汝の敵を愛せよと言ったのだと思っている……。あとは汝の敵が殉教者になる人物達を天国に連れて行く者達という意味、また神の国へ誘う者という意味でも用いられているのかも知れない」と国吉は語った。

国吉が「少しは分かったかな?」とたかしに聞いてみると、たかしは「争いの悪循環は分かったけれど、あとはよく分からないや……」と言った。

国吉は「私もイエス様や殉教者になったことはないからイエス様や殉教者の心も分からないけど、汝の敵を愛せよとは殉教者殉難者たちの心得のようなものなのだろうな……」と国吉は語った。

たかしはよく理解していなかった。

「さっ……これ以上話してもよく分からないだろうから友達のところへ遊びに行っておいで……」と国吉は言い、たかしは「じゃ、行ってきます」と言って出て行った。


何時間かしてたかしが家に帰ってきたとき、国吉は台所に行ってもがいているようだった。たかしは国吉が心配ないと言っていたのであまり気にしないようにしていたのだが、ある日気になって国吉がもがいていた台所を見ていると、赤い液体を見た。

そこでたかしは青ざめて「おじいちゃんは吐血していたんだ」と直感した。

たかしは国吉に言った。「お爺ちゃん、病院に入院してよ。おじいちゃんが死ぬなんて嫌だー」と泣きながら叫んだ。

国吉は「ばれてしまったか……分かったよ、お爺ちゃん入院するよ。……私にはたかしが泣いている姿を見るほうが自分が死ぬよりもつらいよ……」と言い、「明日早速病院に行ってみるよ……」たかしは少しほっとした様子だった。

国吉は次の日早速病院に行った。この日、国吉は病院に行く前におばさんのところへ行き「孫のたかしのことお願いします」と言い病院に向かった。

おばさんは「たかしちゃんは私の子のようなものです。安心して入院してください」と言った。

国吉は深く感謝して病院へ向かった。

その日国吉は一日中病院にいた。七時間ほどで結果が出る。

医者は国吉に「あなたの病気は肺結核です」と言われてしまう。

国吉は「やはりそうでしたか……」と言い黙る。国吉は自分の病気が治らないことを察していた。

医者は国吉に「親戚や身内は近くにいるのですか?」と尋ねた。

国吉は「私の妻は他界していて、息子は県外で仕事をしており、家にはおりません。息子の妻は孫を産んで死んでしまいました。今は孫と二人暮らしで、親戚も県外にいます」と話した。

医者は「では私から息子さんと親戚の方々に電話連絡をするので、電話番号を教えてください」

そこで国吉は電話番号を教えた。

国吉が「あと何年生きられますか」と言うと、医者は静かに間を置き、しばらく黙ってふと重い口を開け「もって一年……」と言った。そして続けて「入院は今日からです。なぜすぐに病院に来なかったのです？　前兆はもっと前からあったはず……なぜですか？」

国吉は「孫との生活を棄てたくなかったのです……」と言ってまた黙ってしまった。

医者は病室を決め入院させた。


この日の夜におばさんの電話が鳴り、国吉の病気の結果と、一生入院しなくてはならないことを医者は電話越しに話した。

この日たかしはおばさんの家にいた。国吉がすぐに帰って来られないことを察してたかしを連れて来ていたのである。

たかしはおばさんの様子を眺めていた。おばさんは電話を切ると悲しそうな顔を一瞬浮かべた。そしてたかしに「おじいちゃんは入院することになったから、しばらくおばさんたちと暮らそうね」と話した。

たかしは「やっぱりおじいちゃんの病気重いん？」と聞いた。

おばさんは「治らない病気じゃないから心配しなくていいよ。週に一度病院に行っておじいちゃんに会いに行こう」

たかしも、うすうす一生入院するのではないかと思っていたが、おばさんの言ったことで少し楽になった。

一方病院の国吉はベットで横になりながら〝もってあと一年……〟と医者の語ったことを思い出していた。

医者のほうは、普通なら赤の他人に患者の病気を語ってはならないのだが、状況的に仕方ないと思い、国吉からおばさんの電話番号も聞き、電話したのだった。


次の日、たかしの父親と親戚の者たちが病院に着き、国吉の病気のことなど色々話した。

「病気は肺結核と先生から聞いた。歳も歳だし、もって一年だと……」とたかしの父は言った。

たかしはおばさんの家にいたのでこの話は知らない。

親戚はたかしの父親に対して「お父さんはこれまで長生きしたよ。年齢的にも死んで当然だ。それに生活費だって私たちが払っているのだから、いっそ死んでくれたほうがどれだけましか……」

たかしの父親も「仕方ないか……」とつぶやいた。

この人物たちの会話は廊下で話されたのだが、すぐ正面が国吉のベッドのある部屋で、そこで国吉は横になっていた。国吉はこの親戚と息子の会話を全て聞いてしまっていた。国吉は〝やっぱり私はこういう目で見られていたのか……〟と心の中で思っていた。〝私が生きていて本当に喜んでくれるのは身内ではたかしだけだ……〟と思った。そしてしばらくして寝付いた。

次の日、国吉の部屋に先生が来て「個室の部屋に移りますか」と尋ねた。すると国吉は「そうしてください……」

そこで先生は国吉をベッドからタンカで運び個室に移した。

そして医者は国吉に「なぜこれほどの状態になるまで病院に来なかったのです。お孫さんとの生活を重視することは分かりますが……」と先生は口をどもらせた。

国吉は語った。「私にとって孫との生活は生きている証であり全てなのです。自分は生きていると実感でき、充実感を感じるのは孫と生活しているときだけなのです」と語った。

医者はこれ以上の質問は何もしなかった。

この日の午後おばさんとたかしがやって来た。たかしは国吉のベッドの前に来て、起きている国吉に「お爺ちゃん」と言った。

国吉はたかしに「おじいちゃんは横になってるけど必ず治るからね……」と話した。おばさんは廊下に出て泣き声が聞こえないように泣いた。

たかしは「おばさん出て行ったね……。どうしたんだろう……」と言い、国吉は「おばさんはトイレに行ったんだろう……」

たかしは「そうかな」と言い、続けて「お爺ちゃん、退院は何時ごろになる？」と聞いた。

国吉はしばらく黙った後「半年もすれば戻れるよ」と言った。

そこにおばさんが戻ってきて「あんまり長く話すのもおじいちゃんの体に悪いからもう帰ろうね」

国吉はおばさんに「長いトイレでしたね」と語りおばさんの表情からどうしていたのかを察した。

そしておばさんは「では今日はこの辺で帰ります」と言い、国吉はたかしに「おばさんは長いトイレだったからきっとうんこだったんだよ」とたかしに言い、たかしは国吉に「汚い話は止めようよ」と言いながら笑った。国吉も心の底から笑った。

そしてしばらくしてたかしとおばさんは帰って行った。


親戚とたかしの父は国吉が入院して三日後に帰っていた。

たかしとおばさんは週に二回お見舞いに来た。最初の一ヶ月は寝た状態の姿しか、たかしとおばさんは見ていなかったが二ヶ月目に入ると廊下を散歩したりするようになった。

病気が治ってきたわけではない……。国吉は明らかに無理をしていた。しかしたかしが来たときいつも寝たきりの状態を見せていたら不安がると思ったのである。

医者と看護婦はやめさせようとしたが国吉の心を知りしぶしぶ了解していた。あと、わずかだが入院当初よりも病気がよくなってきていたという理由もあった。

二ヶ月目に入ったある日、おばさんとたかしがやってきて二人はびっくりした。国吉が歩いているのを見たからである。

たかしは「おじいちゃん、元気になってきてよかった……」と、とても嬉しそうだった。

国吉は「そうだろ、そうだろ……。お爺ちゃんはだいぶ元気になったよ。たかしの喜ぶ顔を見ておじいちゃんもとても嬉しいよ……」

おばさんはとにかくものすごく驚いていた。

たかしは「おじいちゃん、今度来るときは本を持ってくるから、読んで欲しいんだけどいいかな……」と言った。

国吉は「分かったよ、今度持ってきておいで……」と言い微笑んだ。

おばさんは国吉が元気そうにしているのを見て、明らかに無理していることを思い、目に涙を浮かばせ涙を流すのを必死にこらえていた。

この日から四日後にまたおばさんとたかしがやって来た。たかしは四冊ほど本を持ってきた。

その中からたかしは特に読んで欲しいと思った本があった。それは魔女の本という書物だった。

たかしはまず「魔女ってヨーロッパで悪魔に仕えているといわれる女性のことだよね。ほうきに乗った……」

国吉は「そのとおりだよ」と言った。

国吉は引き続きこう語った。

「西洋の魔女というのは日本でいう修験者のような面も持っている。それは自然の摂理を知るということだ。自然の風を読み、雨の降る季節を知ること。そして病気のための自然治癒力を薬草によって高めること。そして怪我の治療など全て自然にのっとって行われることで、風が吹き季節が異なり、海水が満ちることで魚の取れる量が変わるように魔女や修験者になるためには、まず自然の摂理を学ぶことから始めなくてはならないのだよ」

たかしは「おじいちゃん、何でも知ってるんだな」

国吉はこの後ようやく本を読み始めた。そして四時間くらい経ち本を読み終えた。

たかしは「もう遅くなったからおばさんと帰る」と言って帰って行った。

おばさんは身近におり、国吉を見守っていた。

たかしの父親や親戚はほとんど見舞いに来ることはなかった。

たかしはおばさんと一緒に来てまた本を一冊持って来た。

修験者になるためには……。という書物だった。

国吉はまた語った。「修験者の得ようとする超能力というものは、自然の逆境をものともせず数十年とかけてやっと得られる能力であり、急いで事を起こしても自然からの見返りは何もない。自然は時間をかけてゆっくりと変わっていく。時間が自然を変えていくように、自然の超能力は十年二十年と掛けてやっと得られる超能力なのだよ……」

たかしは「おじいちゃん、なぜ魔女のことや修験者のことなど宗教のことを詳しく知っているの?」

すると国吉は「この分野なら、畑仕事をするようになってから少し調べたことがあるから分かるんだよ」と話した。


入院して三ヶ月になると国吉は病人の世話をするようになった。

看護婦や医者からは、体に悪いからやめてくださいと言われていたが、国吉は「人の世話をするのが好きなんです。どうせ死ぬのは間近なのですから、自由にさせてください」と言った。

医者と看護婦は何も言わず了解した。

あるとき、こういうことがあった。このときはたかしと国吉しかおらず、おばさんは病院のどこかに行っていたときである。

親戚とたかしの父が国吉の部屋に来るときに、国吉の部屋に来るまで気にもせずに会話をしていた。そして部屋の前に来ても話していた。

「国吉お父さんはもう死んでもおかしくないだろ……。生活費を出しているのは私たちなのだから。死んでくれたらどれだけ生活が楽になるか。さっさと死んでほしいよ……。病院の治療費だって私たちが出しているのだから……。それにお父さんはちょっと話しづらいというか一人になりたがるし、私たちと合わないところもあるし、いなくなると気苦労もしなくなる。死んでくれるのがちょうどよいんじゃないかな。やっと解放されるって気がして楽になるだろうな……。まあ、まだ死んだわけではないのだから時々面会に来ればよいだろう……」などとしゃべっていた。

たかしは怒りながら廊下に出て「おじいちゃんの文句ばかり言うな。おじいちゃんのどこが悪いんだ」と言い、父を見て「親戚もお父さんも最低だ」と言って出て行った。

ここで親戚とたかしの父は話を聞かれていることを知り、やっと黙ったのである。

国吉は何も言わなかった。

親戚とたかしの父は面会もほとんどせずすぐに帰ってしまった。これ以来、親戚は面会に来なくなった。

三ヶ月目のある日、おばさんとたかしが来たとき、国吉は歩いている最中に「国吉さん国吉さん」とひっきりなしに周り中から言われ慕われていた。

たかしは「どうしたんや、周り中から慕われているのはなぜ？」と聞いてきた。

おばさんも驚いた表情だった。

国吉は「実はいつも私と同じ病人たちの世話を看護婦さんと一緒にしているんだよ」と言い、「例えばシーツ替え、寝たきりの人物の寝起き、車椅子の人がトイレへ行くとき、病人たちの荷物運び、など他にもいろいろなことをしているんだ」と話した。

実はこのころ奇跡的にも少し病気が回復してきていたのである。

ある日病室を掃除しようとしていたら、隣の病室内がわいわいにぎやかだった。見てみると少年が喜んでおり、中に入り話を聞いてみると、この少年は今週中に退院するということだった。

国吉は優しそうに「退院できてよかったね」と言い、少年は「ありがとう……おじいさん。今週中に退院するんだ」

国吉は「自分の子供が戻ってくるということは親にとってどれほど嬉しいか……計り知れないんだよ」と少年に語った。

この子は病気で入院しいつも病弱だったのだが徐々に回復しているように周囲からは見えた。本人もよくなっていると思い喜んでいた。退院しても通院しなくていいと医者に言われ、薬だけをもらうようにということだったという。さらに医者は環境は家族と一緒に暮らせ、自然のある静かな場所がいいということだった。

国吉は、退院し薬だけをもらえばよいというこのことで少し不審に思い、少年の病室のものの入れや服入れやゴミ箱を調べてみた。すると国吉は自分の考えが的中したことを実感した。

この子のベッドのもの入れから国吉の飲んでいる薬と同じ薬が発見された。少年は国吉と同じ鎮静剤を飲んでいた。つまり少年も肺結核にかかっていたのである。しかも末期であと一ヶ月も持つか持たないかという状態だったのである。

この少年の両親は当然先生から話を聞いた。そのとき少年の両親は深く落ち込み涙を流し悲しんだという。

国吉も医者と同じように「君は自然の豊かな場所で家族と一緒に静かに暮らせたら、からだはもっとよくなるよ」と語った。

少年と話していて国吉も少年の命が短いことを知り、両親の気持ちがよく分かり、悲しくなっていた。

国吉はなぜ少年と一緒の病気にかかっていながら退院しないのか。それは家に帰ってたかしを心配させたくなかったからである。

親戚はたかしがひとりで生活するのは問題があると思い、おばさんの所で生活するように頼んでいたのである。

この親戚は他人のおばさんを使ってまで生活費を削ったのである。

そして親戚は国吉が早く死んで欲しいと思っていた。そして親戚から見ると環境を変えることも面倒なので病院にいてくれたほうが対処しやすいというような考えの持ち主たちだったのである。親戚は国吉に早く死んで欲しいと思っており、心の中で邪魔者扱いをしていたのである。

国吉も実は病院にいたいと思っていた。なぜかというと病院の病人を力づけたいとか、励ましたいとか、自ら死んでいくことも身近に感じられるために病院にいたかったのである。つまりここにいると病死することが怖くなかったのである。

国吉はたかしと一緒にいられないことを残念がっていたが、仕方ないと思っていた。国吉は普段から病気を隠し、いつも明るく振舞っていた。死期が近いことを知っていながら……。

家族（たかしの父）は国吉の病気の重さを知っていたので、自然療法を薦めたが、親戚からの目と国吉本人も断っていたので無理な後押しはしなかった。

国吉はこう言った。「命が短いことは分かっている。でも同じ病人仲間がいる場所で死なせておくれ……」と。さらにこう言った。

「家族が全然見舞いに来ないという人物たちを励ましたいんだよ」

国吉は病人だが病院の先生、看護婦から絶大な信頼を得られていた。

うわさを聞いた。

ある日国吉は以前肺結核の少年がいた病室を訪ねてみると、少年は一週間前に死んだとい

この日おばさんとたかしがいつものように来ると、国吉はベッドに横になって何か考えているようだった。

国吉はふとたかしにこうつぶやいた。

「自然の美しさが心の迷いを消し、自然の偉大さが心を広くしてくれる。人の命がなくなるのは自然の道理だが、痛みのあるものは解放しなくてはならない。肉体的苦痛は治療が必要だが精神的苦痛は自然が解決してくれる」

国吉は心の中で、少年が最後に自然と共に家族と一緒にいたことで心が救われて死んでいったと思い、うわさで眠るように死んでいったということを聞き、さらによく自然を一人で眺めていたらしいと聞いたことから、自然が少年の心を救ったのだと実感していた。

たかしは「どうしたん、おじいちゃん」と不思議そうに言った。国吉は「いや……なんでもないよ……少し物思いに浸っていただけだから。心配しなくていいよ」と言い、またいつもどおり本を読み始めるのだった。

国吉はいつも吐血を気付かれないために赤いハンカチを持っていた。そのお蔭で吐血したときもあまり疑われなかったが、看護婦さんからは「あまり無理をしないでよ、国吉さん……」と心配されていた。

ある日おばさんとたかしが来たとき、たかしが何か言いたそうだった。たかしは「この前、親戚や父さんが話して……なんでもないや……」と言い話さなかった。おばさんは全く分からなかった。

国吉はなんとなく分かったが、知らないフリをした。国吉はたかしが話さないので話題を変え、教訓を話しだした。

国吉は横になりながらたかしにこう言った。「自然の動物が子を育て敵に会い自然と闘いそして死んでいく……。それによって人は命のはかなさを学ぶこととなる。神は自然の道理と摂理を造り良しとされた。自然では無常と思われることがいくつもある。人は自然から恩恵を得るが人が身勝手に動物や食物を得れば自然が保たれなくなる。神は人が身勝手に動食物を得ることを許さない。自然の生態系を崩さない程度に食物、動物を得ることは構わない。神はこういう者達には自然を通して恩恵を与える。神はそれを良しとされた。人間も自然と共存していることを実感しなくてはならないんだよ……とテレビを見ながら思っていたところだ。たかしとおばさんが来る音がしたのでテレビは消したけどね……」

たかしは「おじいちゃん、前から教訓を言っていたけど、どこでそんな教訓を作るん。僕なんかテレビで自然のドキュメンタリー番組を見てもこんな教訓作れないよ。おじいちゃんすごいなー。前にも教訓があったけどこれもおじいちゃんの名言だね……」と言った。

国吉は単純にたかしにこう言った。

「お爺ちゃんの作る教訓は単純に年の功によって作られた教訓だよ」

おばさんから見ると、国吉は自らの寿命がもうさほど長くは無いと感じ、たかしに何かを残したいと思い、遺言のように思って語っているのだろうと思った。


国吉は週に一度医者の診断を受けていたが、ここ最近になって再び体が悪くなってきていることを言った。そこで医者は国吉に「もう病院にいなくてもよいですよ、たかしくんとおばさんのところで生活してはどうですか」と言った。

国吉が「……分かりました……ではいつから……」と聞くと「明日からでもかまいませんよ」という返事だった。

次の日、国吉は早速たかしのいるおばさんの家に電話した。

おばさんが電話に出て「それなら今日たかしちゃんと一緒に病院に行きますので……」

おばさんは心の中で〝国吉さんは病気が治ることはありえないから死期が近いために先生は退院を許可したんだわ〟と直感した。

国吉はおばさんに電話した後、県外にいる息子のたかしの父にも電話した。

たかしの父は「え？　なんだって？　退院する……病院にいなくてよいのか？」と国吉に言い、「分かった。今月中にも一度そっちへ行くから。実家に戻るんだよな……」と続け、国吉は「そのとおりだ」と言った。

たかしの父はしばらく間が生じ、「分かった」とだけ言い、電話を切った。

たかしの父も国吉の命が短いために入院から退院に変わったのだと思っていた。

この日の午後、国吉は迎えに来たたかしとおばさんと一緒に実家に帰った。

国吉は「我が家に帰るのも久しぶりだなー」とつぶやいた。

たかしは「今日はおばさんも泊めて三人で話でもしようよ。いいだろう、おじいちゃん」と言った。

おばさんは「国吉さんに面倒をかけるといけないから私は帰るね……」と言ったが心の中で〝私が一緒に居たほうが国吉さんの病気を悪化させずに済むかな〟と思い、「国吉さんに任せるわ」と言った。

すると国吉は「今日は退院したばかりだし、初日くらいは泊まっていってもよいですよ」という返事だった。

そこでおばさんも「じゃあ今日はおばさんも泊まるね」と言い泊まることになった。

この日は国吉とたかしとおばさんとで国吉がいなかったときにあった出来事や国吉が病院でやっていたことについていろいろと話し、そして夜が更けていった。

次の日、国吉は田んぼを耕そうとしたが、たかしが止めた。

「おじいちゃん、病気で無理してまた再発したらどうするんだよ」と怒った。

この日は日曜日だったため、家にたかしがいたのである。そして国吉に無理させないようにしようとたかしは思っていたのである。

国吉は「分かったよ。……今は畑を耕さないことにするよ……」と言い、家から畑を眺めることにした。

たかしは「当然だよおじいちゃん。今日は退院してまだ二日目だよ。無理したらだめだよ……」と言い国吉をなだめた。

そしてたかしは一人で畑を耕し始めた。しかしたかしは畑を耕すのは初めてだったので、うまく耕せないでいた。

国吉は見るに見かねて家から出て畑に来た。「仕方ない、今日は畑の耕しは中止にしよう」たかしは「やったぜお爺ちゃん。そうこなくっちゃ」たかしはほっとした。たかしは、はっきり言って畑仕事は苦手だった。


この日国吉とたかしは家の庭から畑を眺めていた。

ある時ふと国吉は口を開き、たかしにつぶやいた。

「自然の道理とは、急いで得られるものではなく、数百年数千年とかけて得られる答えなのだよ。急いで事を起こしても自然は何も与えてはくれない。自然は時間をかけゆっくりと変わっていく。時間が自然を変えていくように、自然の超能力はゆっくりと得られる答えなのだよ……」

たかしは「おじいちゃんが言う言葉は少し遺言ぽいね」と冗談交じりで言った。

国吉はしばらく黙って微笑し、「これまでの内容はたかしが大人になれば自然と分かってくるよ……」

たかしは「ふーん。じゃ僕が大人になったらまた話してよ……」と言い国吉をからかった。だがたかしは内心で〝とにかくお爺ちゃんには死んで欲しくない〟と強く思っていたのである。

国吉は続けてこう言った。「自然の道理の答えは自分たちで答えを見つければいい。それが答えになるんだよ……」

病院から退院して一ヶ月以上経ったある日、たかしは友達と遊ぶ約束をしていたのだが、そのたかしを庭に呼んで国吉はゆっくりと語りはじめた。

「これはイエス・キリストという偉大な宗教家が語った言葉で、右のほほをぶたれたら左のほほを差し出しなさい、という有名な言葉があるが、意味は分かるかな?」と聞いてきた。

「どういう意味か分からないけど、ほほをぶたれたいのかな。変わった人だな……」

国吉は「ははは……。面白いことを言うな、……なるほどなあ。この意味はおじいちゃんにもはっきりとした意味は分からないけど一応こういう意味だと思っているんだ。まず右のほほをぶたれたら痛いけれども、ぶたれた本人に戦意が生じなかった証として左のほほも差し出すんだ。ここで戦意を失うという、争いを避けるための方法だと思ってよいんだ。そしてこれはお爺ちゃんの飛躍した考えだけれども、右のほほをぶたれたら左のほほ、次に左手、次に右手、その次は左足……と差し出していって、それでも相手が懲りずに進んでいくと、最終的には死が待っている。でも平凡な人ならここまで追い込まれることはない。でも追い込まれたときは死が待っている。イエス様はこの他にも以前話した〝汝の敵を愛せよ〟という言葉も残しているけれども、この〝汝の敵を愛せよ〟と〝右のほほをぶたれたら左のほほも差し出しなさい〟という言葉に共通して言えることがある。それはどちらにもこの肉体的苦痛は永遠に続くことではない、ということなんだ。どちらにも必ず死が待っている。（〝汝の敵を愛せよ〟は、エスカレートして肉体的苦痛に発展し、または直接肉体的苦痛になり死が待っている）つまり死ねば天国の神様に必ず会えるということなんだ。右のほほ、左のほほ……が有名なのはこの教えが重要だからだと思うんだよ。永遠に続く苦しみではないことを強調するためにこの辺りの教えの最初に出てくるのだと思うんだ。後にすぐ出てくる教えたちは右のほほ、左のほほ……ほど重要視しないために後に書かれているのだろう、とおじいちゃんは思っているんだ。このようなことを実践した者は、万が一敵に殺されても義を積んだ者とされ、天国で尊重される人物とされるんだ。義とは神が好む人間の行いのことで、最も重要視される行為なんだ。そして義というのは先ほど話した肉体的苦痛を受けることだよ。この言葉を語ったイエスという人物とは違うけれども、ヨハネの黙示録という書物にも義について書かれていて、ここでは、義は死に至るまで続き、この行為によって死んだものは神の国へ必ず行けると言われているんだ。ヨハネの黙示録では〝義は死に至るまで忠実であれ〟と書かれている。このような死を迎えた者は神から義人として迎えられ、犬死にとは言わないんだ。たかしは分かったかな……？」と国吉は言った。

たかしは「よく分からないけど……友達が呼びに来るかもしれないから、もう行っていい？」とたかしは言い、しばらくすると玄関から「たかし君あーそーぼー」という友達の声が聞こえた。

国吉は「こういうことはたかしちゃんには早かったな……さっ、友達のところへ行って遊んでおいで……」と国吉は言い、たかしは遊びに行った。

国吉はひしひしと死が近いことを感じていた。またしばらくしたある日、国吉はこうたかしに言った。

「この畑は今年は実らない……。自然の時の流れを知ることで、その土地の土を見るだけでもその土地の歴史があり、その土地の木を見てもその木の歴史がある。自然の時の流れを知ることで人に自然の偉大さを教えてくれる。人は自らの命のはかなさを自然から学ばなくてはならない……」

たかしは「どうしたん、じいちゃん」と言い首をかしげた。

国吉は引き続きこう言った。「自然の木が年輪を得て年を取るように、人もしわが増えることで年を感じる。自然が年を取ることで偉大な先生となるように、人も年を取ることによって人生の身近な先生となる……」と語り、部屋に戻った。

国吉は血を吐きそうだったので部屋に戻ったのである。

たかしは国吉が取った行動が不自然な行動と思ったが、庭を見ながら〝自然はそんなに偉大なのかな……〟と思っていたが、ふと国吉の行動が気になって国吉のいる部屋に近づくと突然「ガターン」と物音がした。

「じいちゃん、どうした……」と言って近づくと、国吉が血へどを吐いて倒れていた。

たかしは「大変だ！　おばさんに電話だ」と言い、急いで電話をかけた。「もしもし、あの、たかしちゃん？　どうしたの？」

たかしは「おじいちゃんが血を吐いて倒れたんだ」と言い「何ですって」という声がして声が高鳴り、家中に響いた。

「急いでそっちに行くから救急車を呼んでなさい」

たかしは「分かった」と言い電話を切り、救急車を呼んだ。

このとき国吉は目が覚めてこう言った。「たかし……家族を大切にしなさい。わしはまだ死ぬとは決まっていないから……爺ちゃんは強いんだ」と言いまた倒れた。

たかしは「じいちゃん！」と叫んだ。

おばさんは急いで国吉の家に向かった。たかしの案内で国吉の倒れている場所に来ると、倒れて全く動かない、血を大量に吐いた国吉がいた。

おばさんは涙を流して国吉を見ながらこう言った。「国吉さん……これでよかったんだよね……。この死に方で……」

おばさんはたかしにこう言った。「たかしちゃん……おじいちゃんはね、退院する前からすでに治らないことは知っていたし、寿命が短いことも知っていたんだよ……それでもたかしちゃんと一緒に暮らしたいという思いで病院を退院したのよ。国吉さんはこの死に方を希望していたの」

たかしは「まだ死んだとは決まっていないだろ」と怒った。「あっ！　救急車が来た」そして国吉を連れてたかしとおばさんは救急車に乗って病院に向かった。

この時はまだかすかに息があったが時間の問題だった。

そして国吉は救急車に乗ってしばらくの間に息を引き取った。

たかしは「お爺ちゃん！」と言い泣き出した。おばさんは何も言わなかったが目から涙をにじませていた。

病院には二十分後に着いたが、医者は死亡を確認し、死亡診断書を書いた。

たかしは二時間ほどしておばさんに、一度家に帰ると言った。

家に帰ったたかしは泣きながら国吉の倒れた場所で何かを見つけた。

「これなんだろう」とたかしが涙を流しながら見つけたものは、国吉が語っていた教訓を集めたものだった。

「お爺ちゃん、その日その日に言う教訓はメモから抜粋していたんだ」

このメモの消した後からでも一応そこに書いてあったことが何とか分かった。一番下には〝友達は大切にしなさい。恋は下心、愛は真心〟と書いてあった。

「おじいちゃんはこれを一番最後に言おうとしていたのかなあー」


親戚とたかしの父は、次の日の夜に病院に来た。この日おばさんは、親戚やたかしの父の生前の国吉に対する冷たい態度に怒りを表した。

「あなた達は国吉さんがどれだけつらい気持ちでいたか分からないんですか？　あなた達がもっと国吉さんを大切にしていればこれほど早く死ぬことはなかったんですよ……」と言った。

親戚たちは当然冷めていた。そして親戚とたかしの父は「他人のあなたにとやかく言われる筋合いはないね」と冷たくあしらった。

それを見たたかしも怒りを表した。「おじいちゃんの世話をまともにしなかったあんたらに何が分かるんだ。お前らは最低なごみ人間だ」とたかしは言った。

たかしの言葉に親戚やたかしの父も不機嫌になったが、反省する様子は感じられなかった。たかしの父は「そんなこと親戚の人達に失礼だろ。謝りなさい」とたかしに言った。たかしはさらに父に対しても「お前がそんなんだから国吉おじいちゃんはこんなに早く死んだんだろうが。ごみ人間のくせにえらそうなこと言うな」たかしの父は黙ってしまった。


親戚は国吉が死んだときでも、お葬式に出るときもなんとも思っていないようにたかしには見えた。または単なる儀式ということでまるで悲しんでいるようには見えなかった。

おばさんはとにかく目から大量の涙を流して泣いていた。たかしは親戚に対してこのときまだ十歳だったのに再び怒りをぶつけた。

「あんたらは家族や親戚が死んでも悲しくないのか、あんたらからどういう目で見られていたのかおじいちゃんは知ってたんだぞ。あんたらは最低な偽善者だ」と言った。

さすがの親戚たちも少し悪いことをしたというような表情をしていた。


そしてこのときから十二年が過ぎ、たかしは二十二歳になっていた

「爺ちゃんが死んで十年が経ち、毎年墓参りに来るけど爺ちゃん天国でどうしてる？　十九歳の頃なんて反抗期が終わっているのに、親戚にも逆らってちょっとした不良状態だったよ。十七歳の頃は完全に不良だったから……こんな風になったことが爺ちゃんの本意ではないかもしれないけど、オレはこれまでのこと後悔はしていない。進路のことも文句を言わずできるだけ親父の方針を採った。仕事も親父の言うことを聞いた。でもじいちゃんのことになるとすぐにケンカになって……俺ってだめだな……それから爺ちゃんのことを忘れたことは一度もないよ……ん、あんたらまた来たのか」

親戚たちが墓参りに来たのである。

「たかしちゃんのおかげで私たちも目が覚めたんだよ。ごめんなさい。たかしちゃん……」

そこに至るまでに何度も衝突があったことは言うまでもない。

「俺に謝ることじゃないだろが……おじいちゃんに謝れよ……」

親戚は「そうだよね……ごめんなさい、お父さん」とたかしの親戚たちは言った。

たかしの父も「私も悪かった、父さん」と言った。

「墓も手入れしなくちゃ……」と親戚たちが口々に言い、手入れをしはじめようとすると、

「触るんじゃねえ……爺ちゃんの墓の手入れは俺がするんだ。それと持って来た花を貸しな……」と言い、花を生けはじめた。そしてすぐに墓を掃除しはじめた。

「たかしちゃん、私たちにも墓の掃除をさせて欲しいんだが……」と親戚たちが言ってきた。

たかしは「分かったよ、爺ちゃんにやった行いを反省しながら掃除しな」と言い墓から離れた。

親戚は「私たちが悪かった、ずっと死んで欲しいと思っていて……お父さんが死んでくれると生活費が浮くということと、畑を売ればお金が入ってくると思っていて、同意しなかったお父さんを憎んでいた。それで死んで欲しいと思ってしまっていた。本当にごめんなさい」と親戚たちが口々にそう言った。

たかしの父親もおり、たかしは父親に向かって、「親父も親戚と同じだからな……」と言い少し墓から離れた。

おばさんは国吉が死んだ後三年後に引越して、たかしは国吉が死んだ後、父と一緒に暮らしていた。

たかしは「じいちゃんのメモは今も持っているから……」と言い国吉の教えの書かれたメモを開いた。

「最初の頃の教えは俺もメモッていたんだけど中盤から終わりまではほとんどメモってないな……ハハハ……」と目に涙をにじませながら、たかしはメモを読んでいた。

親戚が「今日は仕事が残っているからもう帰るけど毎年毎年お墓に謝りに来ても私たちの行ったことは認められるわけないか……何度謝っても謝りきれない。本当に悪かった。本当にごめんなさい、お父さん」と親戚や父が言い、帰っていった。

たかしは親戚や父が帰っても墓にいた。たかしは再び教訓のメモを見てしばらく物思いにふけっていた。そしてしばらくして墓を後にしようとした時、ポケットから一枚の紙が出てきた。「あっ、忘れてた……」と言いたかしは一枚の紙に書かれていることを語りはじめた。

「これはオレから爺ちゃんに贈る教訓だ。爺ちゃんは昔戦争で右目を失った。爺ちゃんは戦後家に戻り人のために尽くす人物になろうとした。人がどんどん死んでいくのを見て命のはかなさを感じていたんだと思う。その後どういう経緯で畑仕事にのめり込みはじめたのか知らないけど、畑仕事を通して自然の偉大さを感じていたんだろう。人が死んでいくのを見て、そのために多くの人に慈愛（これは宗教を調べて知った言葉だ）を与える者となった。それから戦争の体験から戦争の無意味さを知る者であり、多くの人を愛するという慈愛を持っている者となった。ここに人の無常を知り、それでいながら人のために生きることによって多くの慈愛を広める者となったと言えると思うんだ。このことによって神から魅力のある人物と思われる原因となるという教訓が生まれるのだ……教訓になってないか？　……まあこんなところかな……」とたかしは言った。

しばらく物思いにふけった後、「爺ちゃんはオレが生まれる前から畑仕事に専念していたけど、その前は両親のいない孤児たちに仕事を与えたり、孤児院にお金を寄付していたということを爺ちゃんを調べていて知ったよ。たまに孤児の世話をしていたことも聞いた。爺ちゃんは偉大な人物だよ……」とたかしは言った。

「爺ちゃんのメモに書いてあった、といっても消したものらしいけど〝恋は下心、愛は真心〟という意味がなんとなく分かるような気がする。恋愛するようになって分かるけど、恋は下心だけど愛は真心であり性行為は問題ではないんだって。軽い女が多いからなあ……。人にとって大切なのは真心なんだってことがよく分かるようになったな。真心こそ真の愛だと言いたかったのだろ、爺ちゃん。愛は真心という言葉はたぶんイエス・キリストっていう人の愛を表現したものなんだと思うけど、愛は心が真ん中にあるから真ん中の心で真心という意味なんだろう……爺ちゃん……。あと、友達も大切にするということも重要なんだろ。……これもしっかり覚えてるさ。仲間はいいよな、色々なこと話したり、遊んだり、喧嘩もしたり、楽しいことを分かち合う友……友情は大切だ。二つともしっかり覚えているから心配しなくていいよ……」

たかしはしばらく黙っていたが、「じゃ！　今日はこれで帰るわ」と言い帰っていった。

お墓には目に見えない花が国吉のお墓中に咲いているようだった……。

＊教訓は国吉にとっては遺言であり、たかしにとっては大人になるための糧になる教えでもあった。

＊なぜイエス様の愛を日本の漢字で説明できるのかというと、イエス様はムウの人の遺伝を持っているからである。漢字は中国で出来たので中国人にもムウの人種がいる。そして南斗を信仰している。

＊自然の超能力という表現で私は二通りの言葉を書いた。まず修験者などについての自然の超能力はまさに超能力または自然の天候を自在に操ったり、空を飛んだりするような能力のことを自然の超能力と表現した。病気治療も自然の超能力の一種である（一神教にも病気治療の超能力はある）。もう一つの自然の超能力は、自然の道理、摂理を知る者という意味で、自然の道理を知り、自然の心または自然を知り尽くし、賞賛し褒め称える者を自然の超能力を得たものと表現した。こちらの言葉は、レオナルド・ダ・ビンチに捧げる言葉としても用いる。

＊自然の道理とは、急いで得られるものではなく数百年数千年とかけて得られる答えなのだ。

伝説へ

白い霧があり、そこに白い扉があり、開けて中に入ると一面草原が広がっていた。人種の差もなく人々が住んでいた。

神が一人の人間にこう聞いた。「もし私がいなくなったらどう思う」

するとその人は「この世界にいるということは、あなたも悪い人ではないのでしょう。私はあなたと一緒に死にます」ここで死とは魂がなくなることを意味していた。

この人は神と霊体を区別することはできなかったが、真心、思いやりは充分通じた。

神は「そうか……私のためにそこまで思ってくれるのか……ありがとう……」そう言って扉のあった場所に行き、その扉の向こうにあった白い霧のような場所に戻った。

神は天使に「先ほどの者もあの場所に住んでいる者達も、みな私よりも非力でありながらも私のために犠牲になろうとするだろう。私はあの者達のために死ねるなら本望だ」

神は引き続きこう言った。「あのものは私を愛した。そして私もあの者達を愛した。これ以上の死ぬ理由など必要ない……私は覚悟を決めた」そう言って天使と聖霊に言った。「一つだけ私の願いを聞いてくれ。あの者達の天国を維持することに全力を傾けてくれ……それが私の望みだ……」

そう言って天使と聖霊を連れて異次元へ向かい、蛇と堕天使に最後の戦いを挑んだのであった。

ある天使が神に言った。「神……あなたがいなくなった後、誰が神を引き継ぐのですか？」神は言った。「先手は打ってある。心配する必要はない」

この頃、旧イギリスという土地ではシリョブカイ達が戦いながらキリスト教徒たちを救っていた。

シリョブカイは仲間六人と計七人で、こん棒を振り回す大男が率いる龍の戦士百人程と戦っていた。

一人が負傷して戦いは何とか逃げ延びてシリョブカイの村までたどり着いた。

仲間が「今日はすまねえ……おれのせいで何とか勝てるかもしれないところまで行っていたのに……」と言い、シリョブカイは「しかたないさ……相手はライフルで攻撃してきた上に多勢に無勢だ」

この村の人々は一斉に「シリョブカイが帰ってきたよ……」と言って皆集まってきた。その中には幼い頃シリョブカイと遊んだアメという子もいた。アメは以前、龍の戦士たちのせいで仲のよかった親戚のプロテスタントの両親の子が殺されてしまい、すぐにでも戦いに参加したいと思っていた。

アメの両親は生きて生活していてシリョブカイをひいきにしていたので、今回もシリョブカイ達を家に招いた。

「今日は残念だったね……でもよく戻ってきてくれたよ……とにかく命が一番」とアメの母親は言った。

アメの父親は「そうさ、戻ってこれただけでも感謝しなくてはいけないだろうと思う。今日はここに泊まっていきな。仲間の傷にはこの薬をつぶした薬が効果あるからこれを塗っておくといい」と言い緑色のどろっとしたものをすり鉢ごとシリョブカイ達に渡した。

シリョブカイは「いつも悪いね……」と言い仲間の傷に薬草を塗ってやった。シリョブカイは「弾は貫通しているから薬を塗って包帯を巻いておけば治るだろう」と言った。

アメの母親は包帯を渡し、この日はここで寝ることにした。

このアメの家は民宿と薬屋（といっても、この村の家々の人々は大体が薬草の知識くらいは持っている）をかけもっていた。この日はこじんまりとビールやワインを飲んで食事をしくつろいだ時間を過ごし、夜遅くになって就寝した。

アメも色々と話したがったが、夜遅くになったので話さずに寝てしまった。

次の日は朝早くにアメは起きてシリョブカイに話しかけに行った。

シリョブカイはもう起きて荷物の整理をしていた。ふとシリョブカイはアメに気付き、「アメ……年はいくつになった……」と言いアメは「十二歳になった」と言った。

シリョブカイはしばらく物思いにふけりながら「アメがまだよちよち歩きの頃から六から七歳くらいまで一緒に遊んだことがあったな。特にこま回しが好きだったっけ。チョコやレーズンをかけたり、言い当ててお菓子には全然不自由しなかったろ……」

アメは「あの頃はとにかく楽しかったよ。いっぱいチョコやレーズン、ビスケットなどをこまに書いたり言い当てていたから……親戚の子のカムも一緒に遊んだっけ」そしてアメは黙ってしまった。

ふとシリョブカイは真剣な顔でこう言った。「アメ……お前はどんなことが起きても決して戦っては駄目だぞ。龍の戦士だけのことじゃない、色々な戦いに決して参加しては駄目だからな」と言って「さ、お前はお母さんやお父さんの手伝いをして来るんだ」

アメは「分かった」と言い、すこし淋しげに両親のところへ行った。

「シリョブカイ、他に話すことはなかったのか……ここに戻ってくることもそう何度もあるわけではないだろう」シリョブカイは「アメに遺言でも残せというのか」と仲間に言った。

下からアメの母親が「皆ご飯が出来たよ」と大声を発した。

シリョブカイは「とにかく下へ行って朝食だ」と言った。

仲間は「龍の戦士は手ごわい。死ぬこともありうる。この先どんなことがあるかも分からないんだぞ」

シリョブカイはしばらく黙っていたが「先のことを考えている余裕などない。とにかく今は下へ行って食事をすることが大事。さ、……皆も下へ降りるぞ」そして皆で下に降り朝食を食べることにした。

シリョブカイ達は朝食を急いで食べると店の前に出た。すると大勢の村の人達が集まってきた。
そこでシリョブカイは
「皆よく聞いてくれ。この先俺たち七人は村を出て戦いに行く。皆は武装して村を出て欲しい。歩けるものは歩き、馬に乗れるものは馬に乗り、馬車があるものは馬車に乗ってくれ。病人は優先して馬車に載せてやってくれ。女子供も出来るだけ馬車に乗せてあげて欲しい。食料は出来るだけ貯めて保存食を用意しとくんだ。龍の戦士たちはこの村を知っている。この村には残念ながらもう戻っては来れない。たとえ七人で出て行っても俺たちはこの村には戻れないだろう。覚悟を決めたものから村を出るんだ」村人たちは話を聞いて早速しぶしぶながら準備を始めた。シリョブカイは仲間に「少し周辺の様子を見てきてくれないか」と頼み、仲間を村から出した。

二十分ほどして仲間たちが戻ってきて「ここから南へ十キロほど行ったところに龍の戦士たちがこちらへ向かって来ていた。急いで村を出よう」


総勢千名程の集団が村を離れた。村人が出て三十分後くらいに龍の戦士たちが村に着いた。しかし人の気配が全くないのに気付くと、龍の戦士五百人くらいの棟梁でこん棒を持った大男が「やつらが二度と戻って来れないように村を焼き払え」と命令して部下たちは火を放ち焼き払った。

シリョブカイ達はここから十五キロほど離れた場所を移動していた。

シリョブカイは「集団で歩くのは危険だ。半分ずつに分かれて聖マイケルラインを渡っていく者と比較的平地の部分とに二手に分かれて移動しよう」と言った。

そこで分かれようとしたが、さらにシリョブカイは「薬草のほかに食料になる野草を探しながら歩いてくれ」と皆に言った。「落ち合う場所は旧エイブベリイだ」そこで二手に分かれた。

片方のシリョブカイのいないほうの列は平地を行きながら目的地旧エイブベリイに向かった。この列には七人のシリョブカイの騎士のうち三人が同行した。

アメはシリョブカイと共に旧エイブベリイへ向かった。

アメはシリョブカイに聞いた。「旧エイブベリイってどんなところ？」

シリョブカイは「エイブベリイとは昔の呼び名だが、現在でもその名で分かる村人たちが俺たちの村人にはたくさんいる。ここの目印は色々な遺跡があって分かりやすい。だからあえて旧エイブベリイを選んだ。恐らく皆が着くのは夜中になるだろう」

「アメ、こっちに来い」

アメは「何？」と言いシリョブカイの騎士の仲間に呼ばれた。

アメは「何か用？」と聞いた。シリョブカイの仲間の騎士が「この旧マイケルラインのことを教えてやる。この旧マイケルラインとは正式名を聖マイケルラインと言い、キリスト教で言う大天使ミカエルの英語読みなんだ。アメ、英語は今語っている言葉だ」

シリョブカイは少し離れたところにいたのでアメがシリョブカイに「シリョブカイ。大天使ミカエルってそんなに偉いの？」と聞くとシリョブカイは「よく分からないがそうらしいな」と言ってはぐらかした。


夜となり旧エイブベリイに到着した。もう一方の村人達は先に着いていた。旧エイブベリイに着くと巨大な石や人口の山、神殿、不思議な形の古墳などがあったが皆、地形変化で崩れていた。

シリョブカイは「今日はここで野宿だ」と言い、疲れたものはすぐに眠りについた。

アメはシリョブカイに「ここには何があったの？」と聞いた。するとシリョブカイは「昔ここにはイギリス人の祖先が住んでいて、いろいろな自然物を崇拝したり、王の墓など色々なものを作って祭っていた。暦などを重視して稲作などもしていたんだ……」

シリョブカイが黙ったのでアメは「ほかに何か知らない？」と聞くとシリョブカイは「以前にはこの土地にも村があったが、龍の戦士たちに破壊されてしまい村人は全て殺された」

アメは「そうなんだ……」と黙った。

シリョブカイは引き続きこう言った。「以前の龍の戦士は極悪人達ではなかった。自然信仰を重んじる面もある狩人たちだった。しかし、キリスト教を異教だと言ってキリスト教徒を何百人と殺していった。俺はそれが許せなかった。それで現在こうなっている。この旧エイブベリイという以前村だったところも龍の戦士たちは尊重しているためうかつには襲ってこないだろう。だからこの土地に来た」

シリョブカイはアメは起きて聞いていたので「もう遅いから今日はこれくらいにして今は寝ることだ」と言いアメを寝かせた。

翌朝、薪を消してシリョブカイは仲間の騎士たちに「周辺を見てきてくれ」と言い、四方に散らばせた。一時間ほどして四人が戻ってきた。四人は一様に「見てきたが龍の戦士たちはいなかった」と言った。

シリョブカイは言った。「これからこの場を去り、皆で旧カラニッシュッの丘と呼ばれたところに行く」

こう言って旅立った。シリョブカイは平原や崖を通らせて歩かせた。崖では少しの食料になるものを見つけては細々と取っていった。

アメはシリョブカイに「旧エイブベリイのことは他に何も知らないわけ？」と聞くとシリョブカイは「これから語ることは悪い知識だが、教えよう。旧エイブベリイは円の中に十字が書かれているような形に似ている。グレート・サークルは作物の豊穣から人間の子孫繁栄まで祈願するための神殿だったらしい。ストンサークルは水脈があり、水は龍や蛇として信仰された。水流について知っているのはこれくらいだな」

シリョブカイは引き続きこう言った。「敵にしている龍の戦士も、自然信仰者からは崇拝されることもあるんだ。常に全ての敵というわけではないんだ」

七から八時間が過ぎ、ようやく旧カラニッシュの丘にたどり着いた時、様子がおかしかった。辺りは崖になっていたが、周辺がわざと静かにしているようだった。

そして木々の間から龍の戦士のこん棒を持つ狩猟民族の大男が「待っていたぞ、シリョブカイ。ここで決着をつけてやる」と言った。

シリョブカイは「旧カラニッシュの丘のストーンサークルは御車座《ぎょしゃ》を指しているらしい。ここで戦うのも何かの因縁だろう。皆銃を構えろ」と言い「キリスト教徒は手を出すな」と言った。

龍の戦士たちも大男が「ライフル構え」と言ったのでライフルを構えた。そして両方が同時に「撃て」と言い銃撃戦になった。しかし飛距離はライフルのほうが長かったのでまず五十人ほどのシリョブカイ軍が殺された。

しかし連射するのは拳銃のほうが早かったので、距離を縮めながら前へ進むと、銃弾が龍の戦士たちに当たりだした。優劣のない攻防戦が続いた。しかし龍の戦士たちが少しずつ引きはじめた。

シリョブカイ達は銃の弾ももったいないのでボウガンに替えた。そして三十分が過ぎ、龍の戦士はこん棒を持つ大男の「引け……」という合図で退却した。

シリョブカイ軍は大勝利を収めたかに見えたが、民衆は七百人ほどいたところが、約六百人に減っていた。約百人の死者を出してしまった。

シリョブカイは静かに「この死者たちの墓を立てよう」と言い、円と十字の巨大な石の墓を立て、そこに死んでいった者達の名を刻み、墓として残した。

葬儀はキリスト教の葬儀の仕方をした。皆泣いていた。

シリョブカイは「今日はここで野宿をしよう」と言い、皆で火を焚いて賛美歌を歌って死者をねぎらった。

次の日、シリョブカイは心を押し殺しながら「今からベックハンプトンアベニュウと言われていたところへ行く。皆出発の準備をしてくれ」と言った。そして旧ベックハンプトンアベニュウへ向かった。

アメはシリョブカイの隣で黙って歩いていた。アメは重い口を開けた。「シリョブカイ、旧ベックハンプトンアベニュウには何があるわけ？」と聞いた。

シリョブカイは「何もない。ただ怒りがこみ上げてくる場所だ」

アメは言った。「なぜ怒りがこみ上げてくるような場所に行くんだよ」と聞くと、シリョブカイは「アメ……少し黙っててくれないか。俺は今話したい気分じゃないんだ」

アメも理解しておとなしくした。皆静かに旧ベックハンプトンアベニュウに着いた。当然この途中も食料をできるだけ手に入れていた。

アメの両親には「アメ……シリョブカイにあまり無理を言っては駄目」と言われたがシリョブカイのところに行き「なぜ旧ベックハンプトンアベニュウを恨んでいるの？」と聞いた。

シリョブカイは重い口調で「ベックハンプトンと言われていたこの村の道は蛇がうねったようになり円を描いていた。そしてアダムとイブにちなんで付けられたまたの名はアダムとイブに関係ある名が付けられた場所があるためだ。まるでアダムとイブは蛇によって作られたように表現されているのは、不愉快なんだ」と言った。

アメが「シリョブカイは蛇を完全否定するなんてキリスト教徒なんだね」と言うと「まあ……一応そうなのかもしれないな」と言った。

シリョブカイは「アメ……お前は戦士にあこがれているようだが、決して戦士になってはならないぞ。決して自分の手を血で汚しては駄目だからな。戦士は決してかっこいいものじゃない。常にいつ死ぬか分からない状況の中で、命を削って戦っているんだ。それを忘れるな」

アメは残念そうに悲しみながら両親のいるほうへ向かった。

両親に今のことを語ると、「それはシリョブカイの言っていることが正しいわ。シリョブカイは自分の経験からそう言っているのよ。それに前の戦いでも百人近くも死んでしまったのだから、命を大切にするのなら戦いに参加しては駄目よ」と母親に言われ、父親にも「あまりいろいろと話すつもりはないが、皆、仲間や知り合いが死んでつらいんだ。憎しみがこみ上げてきても戦っては駄目だぞ。戦えば必ず早死にするからな。もっと命を大切にするんだ」と言われた。

「シリョブカイ。この先どうするんだ」他の騎士が言った。

シリョブカイは「見納めになるかもしれないから、旧イギリスの遺跡を回っていこうと思う。この龍の戦士との戦いで恐らく俺は死ぬことになるだろう。だがアメには生きていてほしい。アメは俺にとっての未来の希望だからな」

「なぜアメにこだわる？」と別の騎士が言った。

シリョブカイは「アメの純粋で心の優しいところが人々を導いてくれる。そんな気がするからさ……俺にはアメがとめどない宗教同士の争いに終止符を打ってくれる人物になってほしい……いや、なってくれると信じているからだろうな」

騎士たちは口々に「俺たちはアメのためにもシリョブカイについていくだけだ」と仲間同士の意志を固めた。


シリョブカイは「ちょっとこっちに来てくれ」とアメを呼んだ。

「何か用？」とアメがやって来た。

「アメ、いつか必ず俺と同じ白い馬に乗ってくれ」

アメは「どういうこと？」とよく分からなかったが、一応「分かったよ」と言った。

シリョブカイはごろんと横になってアメに言った。

「覚えているか。お前がまだ五、六歳の頃、よくコマで遊んでいたっけ。お前はいつも夢中でコマでお菓子を当てていたな。アーモンドやピーナッツ、ビスケット、……でもレーズンは嫌いと言っていたな。俺はわざと負けていたが、お前の笑顔を見ているのがとても好きだった」

アメは「そうだったんだ。いつも負けるのになぜこのゲームに挑戦するのか僕は不思議で仕方なかったよ……」

シリョブカイは「アッハッハ、お前はいつも真剣だったからなあ……楽しくて仕方なかったんだな」

「どうしてこんな話を？」とアメは言った。

シリョブカイは「なんとなくだ……。両親に心配かけるなよ……両親のところへ行って同じところでゆっくり今日は眠って疲れを取れ」と言ってアメが両親のところへ行くのを促し、見送った。

次の日シリョブカイは皆の前で、

「今日は謎の人工の山、旧シルベリイヒルへ向かう。俺が先頭になるから他の者は後ろから着いてきてくれ。俺以外の騎士たちは後方の守りをしてもらう。準備が整ったら出発する」

二十分ほどして皆の準備ができたのでシリョブカイは、

「準備ができたようだからこれより出発する」

そう言うと赤い毛の白い馬に乗り出発した。

アメはなぜシリョブカイがキリスト教ではない異教の遺跡などをたどるのか不思議で仕方

なかった。

アメはシリョブカイに聞いた。「なぜキリスト教を信仰するシリョブカイが異教の遺跡などを巡るわけ？」

シリョブカイは言った。「将来争いがなくなり、宗教を一つにし、異人種同士の差別や争いをなくすものが現れるのを願い、願をかけているのさ……あとはなんとなく見ておきたいからさ」

アメは「そんな人現れるの？」

シリョブカイは「……きっと現れるさ……」

シリョブカイは、龍の戦士たちとの戦いの中でいずれ死ぬことになると直感しながら旅をしていた。

一方、敵側の龍の戦士たちは双眼鏡でシリョブカイたちを監視していた。実は龍の戦士たちはシリョブカイたちをすでに発見していたのだが、様子を窺っており体制を整えていたのである。

こん棒を持った龍の戦士の大男は、

「まあ、今は見逃してやる。しかしシリョブカイ、必ずキリスト教徒もろとも葬ってやるからな」と言ってどこかへ立ち去った。

数時間が過ぎ、旧シルベリイヒルに到着した。この間も食料を道でかき集めながらの旅だった。

アメはシリョブカイに「旧シルベリイヒルって人工の山と聞いたけど本当?」

シリョブカイは「旧シルベリイヒルは確かにそう言われているが、実際にどうなのか俺には分からない。ただ今から五千年から六千年以上前に作られた人工の山と聞いている。今となっては地形も変わってしまって、本当かどうかも分からないがな……」

シリョブカイは皆に言った。

「この旧シルベリイヒルは見下ろしが良いため、五、六時間後ここを出発する」

一同は色々に「今日はここで泊まろう」とか「そんなに急がなくてもいいじゃないか」などさまざまな声が上がったが、シリョブカイは「本来ならもともと急がねばならない旅、皆も理解してくれ」と言い、皆はぶつぶつ言いながら休憩を取った。

騎士たちはシリョブカイに聞いた。「どうもおかしくないか……これまで旅をしてきてほとんど龍の戦士と会わないなんて……」

シリョブカイも「もしかしたら監視されているのかもしれないな、お前たちも注意してくれ」騎士たちは「ああ、分かった」と言い会話を済ませた。

あっという間に五、六時間が過ぎ、夕方近くになって出発した。

シリョブカイは言った
「これからかつてケネット川という川があった場所に沿って以前グラストンベリイと呼ばれていたところへ行き、そこで一日休憩を取る。では出発だ」

そう言ってシリョブカイは旧グラストンベリイへ向かった。

アメは聞いた。「シリョブカイはなぜこんなに遺跡に詳しいの？」

シリョブカイは「ここはかつてイギリスと言われた場所だが、この旧イギリス中を駆け巡りながら、龍の戦士と戦っていたからだろうな。それに俺の生まれた母国だから遺跡のことを知っているのも無理ないだろう。ついでに旧ケネット川が通っていた場所から先へ進むと巨大な墓が出てきて、これは新石器時代の人が作ったのだが、後にやってきた青銅器時代のビーカー人（遺跡から発掘されたつぼの形からこう呼ばれている）が千五百年間使用したと聞いている。だがこれくらい……や遺跡名くらいは俺じゃなくてもアメの両親でも分かるんじゃないかな」

アメはすかさず両親のところへ行き、シリョブカイが言ったことを聞いてみた。

「あのさあ、お母さんたちも旧グラストンベリイとか、旧エイブベリイとかいう遺跡などの由来とか知ってるわけ？」

両親は「名は聞いたことがあるがシリョブカイほど詳しくはないな」

アメは「やっぱりなあ」と思いながらシリョブカイのほうへ向かい「やっぱりシリョブカイほど詳しくはなかったよ」とシリョブカイに言った。

シリョブカイは何も答えなかった。

アメはしばらく黙ってシリョブカイに聞いてみた。

「シリョブカイ、この旅はどこへ向かっているの?」と聞いてみた。

シリョブカイは「港だ」と一言言った。

シリョブカイは「港へ向かい、キリスト教徒やお前たちを、このかつてイギリスと呼ばれていた土地から脱出させて自由な国に連れて行くために旅をしているのさ」

シリョブカイは旧グラストンベリイの近くで不吉な感じを覚え、騎士たちを集めてこう言った。

「龍の戦士たちが旧グラストンベリイで罠を仕掛けているかもしれないから気をつけろ」

旧グラストンベリイに近づいたとき一人の騎士が「龍の戦士どもがいたぞ」と言った。

龍の戦士の首領が前に出てきて言った。

「シリョブカイよ、そして他の者ども。ここが貴様らの死に場所になる。ありがたく思え」

シリョブカイは、

「お前たちの思いどおりにはさせない。死ぬのは貴様たちだ。皆武器を持て」

と言い、キリスト教徒以外の人達は拳銃、ボウガンを手に持った。

龍の戦士の首領であるこん棒を振りかざす大男が「攻撃開始」と言うと、龍の戦士たちは一斉に投石し始めた。

騎士たちも「攻撃始め」と言い戦いになった。


まず騎士たちはボウガンで投石する者達やライフルを撃って攻撃する者達からキリスト教徒たちを遠ざけ、ボウガンで戦い相手のボウガンの矢をかわしながら近づいて剣で攻撃した。

シリョブカイは民衆に指示をするため、その場から離れることはできなかった。

騎士たちは相手が投石するには時間がかかるのに気付いていたので、背後に回り相手を次々倒していった。

しかし、ある一本のボウガンの矢が騎士の胸に当たり、騎士は倒れて落馬した。騎士は最後の力を振り絞って「シリョブカイを助けてやってくれ」と他の騎士に言い、その騎士は死んだ。

その頃シリョブカイ軍は拳銃でじりじり近づき、ライフルで攻撃してくる龍の戦士たちを追い詰めていった。そして龍の戦士の首領が逃げに入ったところを後ろから来た騎士が攻撃したが、こん棒で剣を折られ、引き続き攻撃されまた一人騎士を失った。

シリョブカイは「これ以上の深負いは禁物だ」と言い龍の戦士たちが逃げるのを黙って見

つめていた。

勝敗着かずだったが、民衆は約五百人になり騎士も二人死んだ。

シリョブカイは心の中で（友よ、必ずあの世で会おう）と言い聞かせ、「弔いの火を放とう」と言いローソクに火をつけ民衆達の墓を作った。

シリョブカイは「騎士の墓は俺が作る」と言い一人で作ってローソクに火をつけ弔いをした。

日が暮れて夜になり、皆深い傷心な気持ちでこの日は過ごした。


シリョブカイ達一行は昼ごろになってもこの場を離れなかった。

シリョブカイは（この次は俺がお前たちに会いに行くからな）と二人の騎士の墓の前で誓い、この日は旅をして初めて二日間野宿した。

三日目、ようやくシリョブカイは「旧スタンディングストーンを通ってウエイランドスミジーと呼ばれていたところへ向かう」と言って皆に準備をさせて出発した。

シリョブカイはアメを呼んだ
「アメ……ケネット川という川には昔はよく白鳥が飛んできていたらしい。古代ケルト神話では井戸は神秘的な力を持ち井戸を通って人は生まれ変わるという」

アメは「どうしたんだよ、突然？」と言った。

シリョブカイは「なんとなく言っておこうと思ってな」

しばらくするとシリョブカイは「ここがかつてスタンディングストーンがあった場所だ」と小さな声でアメに言った。「かつてはストーンサークルになっていて三角形をしていたらしい」

一行はスタンディングストーンのあった場所を素通りして旧ウエランドスミジーへと向かった。

シリョブカイは心の中で（今度の戦いが俺にとっての最後の闘いになるだろう。今度は必ずあの首領の息の根を止めてみせる）と心に誓っていた。

ふとアメは話しかけていた。

「シリョブカイはイギリス中の遺跡を知っているようだけどどうして？」

シリョブカイは言った。「龍の戦士と戦っていると、どういう信仰を持っているか分かってくるためさ」と悲しみをこらえて笑って見せた。

アメは「……ごめんなさい」とシリョブカイをねぎらった。

旧ウエイランドスミジーには夜に着いた。

周囲は真っ暗で何も見えないため、皆は疲れと悲しみもあってすぐに皆は眠ってしまった。

シリョブカイは一人火を焚いて、じっと目をつぶって死んだ二人の騎士のことを思っていた。騎士たちがそれに気づき近づいてきた。

「シリョブカイ、眠らないのか？」と騎士の一人が聞くと「当然だ。皆をいつ龍の戦士が襲ってくるか分からないからな」

一人の騎士が「だが今のお前は何か意を決しているかのように見えるんだが……」

シリョブカイは「お前たちは気にしなくていい。一応眠らずにどこから龍の戦士が襲ってくるか分からないから、散らばって見張っていてくれ」と言い仲間を遠ざけた。


翌朝、眠っていない騎士たちが寝ぼけ眼で歩いていると、二人の騎士に二本ずつ矢が刺さった。

敵は少数で、すばやく逃げられてしまった。捨てぜりふで「これはほんの挨拶代わりさ」と言いながら逃げていった。

二人は「とんだヘマをやっちまったな。シリョブカイやお前たちは来るんじゃないぞ……。お前たちだけでも生き延びてくれ」と大声で叫び、二人は死亡した。

シリョブカイは早速皆を急いで起こし、キリスト教の葬式を開いた。

シリョブカイは意を決して残り二人の騎士に「龍の戦士たちが誘っている場所は旧カラニッシュの丘だ。そこに向かうぞ。覚悟を決めろ」

そう言って皆に「これから旧カラニッシュの丘へ向かう。この戦いは最後の戦いになるかもしれない。覚悟しといてくれ」

民衆はキリスト教徒たちと一緒にお祈りをした。

民衆の一人がシリョブカイに近づいてきて「旧カラニッシュの丘は一度戦っている場所だ。なぜ戻るんだ」とシリョブカイに言った。

シリョブカイは「旧カラニッシュの丘は御車座という星座にちなんでいる。御車は戦車……つまり戦う場所と決まっているんだ。最後の戦う場はここしかない」民は理解して戻っていった。

アメも両親のところへ行って「絶対死なないでよ、僕は一人になるのは嫌なんだ」

両親も「ああ、分かっている。生きて龍の戦士たちを倒して平和をつかむんだ」と言いねぎらった。

キリスト教徒たちも「私たちも戦わなくていいのですか?」とシリョブカイに言うと「あなた方は手を血で染めてはならない。あなた方は純粋でなければならないのです」と言って納得させた。


シリョブカイは周囲を見て「準備ができたようだから、これから出発する」と言い旧カラニッシュの丘に向かった。

シリョブカイを先頭にほか二名の騎士は後方について並んで旧カラニッシュの丘に向かっ

た。

八時間ほどして旧カラニッシュの丘に着くと、こん棒を持った首領の大男が「待っていたぞ。よくここが分かったな」と言うとシリョブカイは「ここ以外に最後の戦いをする場所が思いつかなかっただけだ」と言った。

龍の戦士の総数は約三百五十名だった。こちら（シリョブカイ軍）は約三百名、キリスト教徒は約三百名。

こん棒を持った大男が「ライフル構え」と言い、シリョブカイ軍も拳銃を持ち「撃ち方用意」と言い、同時に「撃てー」と言って最後の戦いが始まった。


騎士の一人がキリスト教徒たちがアメを含めて「危険な崖だが下へ降りると砂浜がある。そこに行けば船が止まっているから、それに乗ってこの国を出るんだ」と言った。

アメは大声で「シリョブカイ絶対に死ぬなー」と言った。

シリョブカイは「早く行けー」と言って他に何も言わなかった。

アメたちは下へ降りていった。しかしアメの両親は戦いに参加していた。

シリョブカイは「早くアメのところへ行ってください。アメが独りぼっちになってしまいます」と言ったが「キリスト教徒の人達が面倒を見てくれますよ。ああ見えても結構しっかりしたところもあるし……」と言った。

その時一発の銃弾が父親の胸に撃ち込まれた。そしてアメの父親は倒れて死亡した。母親は「これでもくらえ」と言い拳銃で敵を撃った。敵は即死した。龍の戦士は木に登り、ボウガンで攻撃してきた。そしてまたもシリョブカイ達の民衆が死んでいった。

騎士が「チクショウ！」と言いながら大男に剣で向かっていった。大男は剣をかわし、馬ごとこん棒で打ちのめして騎士を殺した。しかし龍の戦士たちも拳銃でばたばた死んでいった。

もう一人の騎士は木の上からボウガンで攻撃してくる者達をブーメランで攻撃させた。民衆たちは減ってきていたが、龍の戦士たちも減ってきていた。騎士はもう一人の騎士が殺されたのを知り、こん棒を持つ大男にめがけてブーメランを放った。大男はこん棒でかわすと騎士はすかさず剣で攻撃したが、その時大男は拳銃で騎士を撃ち殺した。

残ったシリョブカイ達はわずか十五人、龍の戦士たちは三十人くらい、ほぼ倍近くいた。シリョブカイはこん棒を持った大男に「さしで勝負しないか」と言い、こん棒の大男も「いいだろう。見せしめにシリョブカイが死ぬところをよく見ておけ」と部下達に言った。大男の部下たちとシリョブカイの民たちが周囲を取り囲み一騎打ちを見守った。

シリョブカイは「これが最後の見せしめだ」と言い、こん棒を持った大男に剣を手にして攻撃を仕掛けた。大男は「馬鹿の一つ覚えめ」と言い剣をこん棒で折った。

しかしその瞬間シリョブカイは足元に隠し持っていた小型の拳銃で大男の眉間を撃ちぬいて、その瞬間大男は倒れた。

地面にこん棒を持った大男の眉間から出る血が吸い込まれていった。

実は大男も拳銃を出そうとしたのだが、シリョブカイのほうが一瞬早かったのだ。戦いは一瞬で決まった。しかしシリョブカイが後ろを振り向いた瞬間、龍の戦士の一人がシリョブカイを撃った。

シリョブカイは馬から落馬し、崖に落ちていった。これを見た民衆はすかさず龍の戦士たちを拳銃で撃った。しかし最終的には民衆は全て死に、龍の戦士たちは三人ほど残った。

これでシリョブカイと龍の戦士たちの因縁の対決は終止符を打った。


一方、船に向かったアメ一行は砂浜に着き、舟はどこだろうと探していた。

すると変な乗り物から変わった人が出てきて、「あなた方はシリョブカイの人達ですか?」と言ってきたのでアメは「そうだけどなぜシリョブカイを知っているわけ?」

人は答えた「前々からシリョブカイに約束されていたんです。アメとキリスト教徒たちが来たら乗せてやってくれ……と……」

キリスト教徒達は急いで中に入った。アメは最後に乗ろうとして後ろを振り向き、シリョブカイ達のところを見た。その時、馬ごと落下していく一人を見つけて、その瞬間その人物がシリョブカイだと直感した。

アメは泣きながら大声で「シリョブカイ死ぬな」と言った。

キリスト教徒達も誰かが谷底に馬と一緒に落ちていくのを見て、アメの様子を見、シリョブカイは死んだんだなと感じていた。


不思議な乗り物の乗組員の一人が「アメさん、出発しますよ……」と言ったのでアメは泣きながら不思議な乗り物に乗った。

船に乗ったアメは「どこに行きたいんですか」と乗組員に言われたが、そんなことに答えられる気分ではなかった。しかし後で小声で「昔ギリシャといわれたところに行きたい」と言うと少し悲しそうな顔を乗組員がしたが「分かりました」と言い、旧ギリシャというところで降りた。

しばらく歩いていると「あいつキリスト教徒だぜ」と言う十四から十五歳くらいの人達五、六人が来て「首から十字架をかけていたことと聖書を持っていた」「キリスト教なんていう宗教はこの国じゃとっくに廃れているのさ」「そんな廃れた宗教なんて捨てちまいな。今の世の中は宗教なんてほとんど意味ないんだよ。そんなことも分からないのか……あんた馬鹿じゃないのか？」

アメは何となく怒られているような感じを持ったが、とにかく居心地のいいところではないことは分かった。

旧ギリシャでどうしようかと考えながら歩いていると、船の乗組員募集と思われるパンフレットを見た。

しかし何が書かれているのか全く分からなかった。そこでなまり英語で船の岸辺周辺じゅうを英語の分かる人を探した。そしてようやく一名分かる人がいて、その船に乗せてもらうことにした。

船長は「子供だからと言って容赦はしないからな……」と言い船に乗せた。

十人くらい乗れる船だった。ある日船で料理を作っているとき、出来上がった料理の鍋を運ぼうとしたとき四、五人の集団の一人が「お前が作ったのか？」と英語で言い、「はい、とても美味しくできました」と答えると「こうしても美味しいのか」といい小便を料理に入れられて食べられなくなった。アメは悔し涙を流しながら外に出た。相手が英語を話せたのは一人英語を話せた人物から習ったためだった。

またある日は料理を出すと今度はゲボを入れられた。アメをいじめる者達は「あいつ英語しか分からないらしいし、聖書を大事にしているらしいからコケにしようぜ」ということだった。

ある日船長から「いまどき英語が話せても大して役に立たないぞ」と言われた。またある日、ある町に出たとき、聖書と十字架をかけていたので「お前キリスト教を信仰しているのか。あんな軟弱な宗教なんてくそくらえだ」と言われ、サッカーボールをアメは顔面にぶつけられて、鼻から血が出た。

アメは「キリスト教を馬鹿にするな」と逆らった。しかしシリョブカイとの約束で〈アメ……決して戦っては駄目だぞ〉という言葉のために殴られ続けた。

また別の国へ行くと、ある十五から十六歳くらいの男の子達から、「この国にはキリスト教なんてないのさ。お前みたいなやつはこうしてやる」と言い周辺中から石をぶつけられた。ここでかろうじてこの町の一人が「お前たちなんてことをするんだ」と怒鳴ったので助けられた。

「君はキリスト教を信仰しているのかい」と聞かれたので、英語で「はい」と答えた。相手も「君は旧イギリス人みたいだね。キリスト教は二十二世紀から徐々に廃れていって現代ではほとんど信仰されていないんだ。旧イギリスは約二千人ちょっとしか住んでいないと聞いているよ」と英語で答えた。

さらに「旧イギリスも他の国もそうだけど地形が変わり、さらに宗教では無神論者が激増したからね」

アメは「僕もう帰ります」と言い船に向かった。

今のアメにはかつての明るさは全くなかった。こういう体験をしながら時に外に出て船からの景色を見ながら、かつての両親やシリョブカイのことを思い出し、涙をぬぐったり星空を眺めたりしていた。

こういう体験をしながら五年が過ぎ、十七歳の誕生日の日寝ていると「アメ……アメ……」と呼ぶ声がした。

聞き覚えのある懐かしい声だと感じ、アメは思わず声を出して「シリョブカイ」と言った。しかし周辺には誰もいなかった。

アメは気のせいかと思いまた寝ようとすると、「アメ……起きるんだ」と言われ、アメは（やっぱりシリョブカイだ）と思い起きた。そして声は「船長にこれから旧イタリアに行きたいと言うんだ」と言い声は消えた。

アメは船長に「旧イタリアに連れて行ってください」と言うと「分かった、いいだろう」と言い旧イタリアに連れて行った。

アメは旧イタリアに着くと人がたくさんいるのに驚いた。しかしまずはキリスト教の教会に行くことにした。

ある教会に行って絵を見るとイエス・キリストの絵には円と十字の形をした図形が頭に飾

ってあるなと思った。また他の教会でも同様だった。

アメは「そう言えば旧イギリスも墓地はケルト十字という円と十字だったな」

ここまで来るまでに十人以上の旧イタリア人とアメは教会の場所を聞くためにイタリア語で話をしていた。実はシリョブカイの声を聞いた後、世界中の言葉を話せるようになっていた。

一週間ほど滞在してその間にバチカンのある場所にも行った。流暢なイタリア語を話すので、相手はアメのことを完全に旧イタリア人と思っていた。

港に着き次はどこに行こうか思案していたとき、まず色々な人種の乗っている船に乗ろうと思った。その理由は世界のことを色々と知るには、異人種がたくさん乗っていて世界中を巡る船に乗るのが手っ取り早いと思ったからだった。


まずアメはイタリア語で船長と思われる人に色々と話しかけていった。そして気に入った船が見つかると交渉して船員にしてもらった。

まず船長が「この船には二十名ほど乗っている。人種は主に旧ヨーロッパ人で旧イタリア人、旧フランス人、旧ドイツ人、旧ポーランド人、旧ポルトガル人、旧トルコ人も乗っている。皆根は悪いやつらではないから、仲良くしてくれ」

船員はアメに一人ずつ自己紹介をした。はじめに旧イタリア人の一人が「初めまして、俺の名は……」と言いアメもイタリア語で自己紹介をした。

この後アメはすごい奇跡を見せた。何と船員一人ひとりの母国語で全て自己紹介したのだ。船長に「お前はすごい。異国に行ったときは通訳をしてくれ」といわれアメは快く引き受けた。

船長から「アメ、今日寝る場所を教えるから着いて来い」と言われ後をついていった。スペースは狭いが以前よりはましだった。船長から「今日は軽く船の掃除でもしといてくれ」と言われたので早速掃除をし始めた。

船内はアメの語学力に驚く者達で話題が絶えなかった。船長はアメに「掃除が済んだら食事をして一時間後くらいには寝るんだぞ」と言われた。アメは「はい、分かりました」と返事をした。

食事のときはとにかくアメの話題で持ちきりだった。「アメはどこで語学を学んだの？」とか、「何処出身の人？」とか「どれだけ話せるのか」など色々な質問攻めにあっていた。あまりに世界の言葉を話せるために旧イギリス人とまったく気付かれなかった。

アメは食事が済み部屋に戻るとより具体的なことを聞かれた。例えば「兄弟はいるのか」とか「外国には何カ国行ったことがあるんだ？」とか「両親はいないのか」とかなどいろいろと聞かれ答えるのに大変だった。

この日の夜、寝ているると夢の中でシリョブカイがアメに何かを話しかけていたが何を話しているのか全く分からず声が聞こえなかった。

そして思わずアメは「シリョブカイ」と言って飛び起きたが一瞬にしてわれに返った。

「夢だったのか」とそう言って部屋から出て船から景色を眺めながら、子供の頃のシリョブカイとの思い出、両親との思い出、前の船に乗っていたときの五年間の苦しみを思い出し、深い涙を流した。

「前の船のときは時々今のように泣いたことがあったな」と思いながら夜の景色を眺めていた。


早朝船長が「皆起きろー、漁の開始だー」といい、寝ている人達を飛び起きさせて船の隅々に一人間隔で間を空けて網を下ろさせた。アメも一緒に網を下ろしていた。

一時間もすると大量の魚が釣れたので、船長が「多少量がいつもよりたくさん取れたから簡単でいいから朝食に食べよう。アメ、四、五人で料理を作るがお前も中に加わってくれ」と言われ「いいですよ船長」と言い調理場に向かった。

調理場に向かうとすでに三、四人で料理を作っていた。アメは魚のうろこを取り、塩水に浸したり、鮭のオリーブオイル焼きなどを軽い塩味で調理した。

二十人分の料理が出来上がるとすぐに職場に運ばれ、どんどんセルフ・サービスでトレーにおかずとパンとスープが運ばれ、一斉に料理が食べられ始めた。

好評だったのはアメが作った鮭のオリーブ・オイルの薄塩味のホイル焼きだった。

船長もこの料理には驚き「アメの料理もかなり上手いな」と大絶賛した。

食事が終わり船長がアメに「どこか行きたいところはあるか」と聞くと「今はまだはっきりとは決めていません」とアメは答え、船長は「この船ではあまり行かないが昔南米といわれたところにペルーと昔いわれていた国がある。そこには地上絵といわれる不思議な絵が描かれている。空からでしか見れないが、一度ペルーに行ってみるのも悪くないぞ。まずは現地に行くことが大事だからな。心が決まったらいつでも言ってくれ」と言い船長は船長室に入っていった。

一、二週間が過ぎアメは船長に「この前のどの国に行きたいかという質問でしたが、思い切って船長の言う旧ペルーに行きたいと思います」と言った。
船長は「そうか、よし分かった。早速今晩旧ペルーに向かうとしよう。いずれアメのためにお別れ会をするぞ」そう言い船長は汽笛を鳴らし方向転換の合図を出した。皆はどうしたんだ？　何かあったのかとざわめいていた。

一週間後、その日の夜船長が「今日はアメがこの船で生活する最後の日となった。アメの今後のために盛大に祝おうじゃないか」

船員たちは皆驚いていたが、ある一人が「仕方ない。出会いがあれば別れもある。盛大に見送ってやろうぜ」といい、この日はワインが大判振る舞いされた。

アメも「今日は本当にありがとう。皆のことは決して忘れはしない」と言った。部屋に着いても「俺たちのこと忘れるなよ、お前は本当にいいやつだから俺たちは決して忘れないからな」アメも「たった三週間だったけど、本当にありがとう」と言った。

そしてこの日の夜、夢の中でシリョブカイと両親が何かを話している様子を見た。ふと目が覚めると外に出て夜空を眺め、「今日はとてもいい星空だ」と心に思いながら星を眺めていた。

翌日の昼ごろに、旧ペルーの港町に着いた。そして旧ペルーの港で最後の別れをし、皆と別れた。

アメは「確かにこの地形も変形している」と感じた。アメは聖書をかばんに入れて持ち歩いていた。

アメは村の人に「この村を仕切っている人は誰ですか？」と尋ねた。すると嫌な顔をされて逃げられた。

このようなことが六、七度あり、ようやく場所が聞けた。

「現在だと山のふもと辺りに住んでいる先住民族の末裔だね」と答え、その場所がどこかを聞いた。「この旧ペルーは今は細々と農業をやっているが、二十世紀や二十一世紀の頃はそれなりに発達していた。しかしそれ以降、戦争や自然災害で地形が変わり、文明も廃れていった」こういうこともアメは村人から聞いた。

アメは車を持っている人に「村の長のところに連れて行ってもらえませんか」と色々と聞いたが簡単には進まなかった。理由は山間部なため車で行くのは困難なことと、天候が変わりやすく谷底に落ちやすいこととアメに対する不信感からだった。

それでも必死になって探していると「あんたペルーに来たことあんのかい？」と聞かれると、「いえ、今が初めてです」と答えると「なぜそんなにペルー語が話せるんだい？」と聞かれ「ここに来るまでに勉強していたもので……」と答えると、「あんたはあいつらの回し者ではないんだな」と言い、「あいつらというと……？」

「ここ十年間の間に七回くらい来てこの国を奪おうとしている、あんたと同じ西洋人達さ……」

「おれはそんな人たちとは全く関係ないですよ」と答えた。

「確かにあんたが乗ってきた船は先ほど言っていた者達の船とは違っている……いいだろう。車で村長のところまで乗せて行ってやるよ」と言われ、ようやくめどがついた。

「野宿というわけにも行かないから今夜は家に泊まりな」といわれ今の人の家に泊まることになった。

家に着くと空き部屋に案内され、食事はコーンスープと鶏肉の蒸したものだった。アメは「明日何か俺にできることがあれば何でもするが……」と言うと「ああ……分かった。早く眠りな……」と言って外に出て行った。

翌日アメは早朝からまきを集めて火力を強めていた。昨日送ってくれた人は、アメより三時間後くらいに起きてきて、「あんた起きるの早いね」と言ってテーブルに座った。

奥さんは「この人は悪い人じゃないよ。だって料理も作ってくれたんだから……」と言い魚の骨からだしをとったスープに塩、こしょう、海草を入れたスープを出した。あとパンと野菜ジュースを作ってあげた。

昨日送ってくれた主人も料理のうまさにびっくりして「あんたたいしたもんだね……料理人だったのかい?」と聞かれ「船で料理を作っていたもので……」と言い、「よし、大サービスに村長さんの家まで案内してあげよう」と言ってくれた。

アメが「ありがとう」と言うと主人は「こんなうまい料理食べるの久しぶりだからな、感激したよ」と言い「午前十時までには出発の準備をしといて欲しいのだが……」と言われた。

午前十時になると予定どおり車で出発した。ガタガタ道を一時間程度走ると、次はがたがたな坂道になっていて軽い沼地のようなところもあり、崖もあり、家を出て六時間後くらいから「これ以上は車では行けないから歩いていこう」ということで歩いて二時間、その間雨が降ったりやんだりの連続で寒気も感じ始めていた。

そしてようやく村に到着して、村人に「この人はあの連中とは違う。とてもいい青年なんだ。どうか村長に会わせてやってください」と熱心に交渉した。その結果ようやく許可が出て村長に会うことになった。「俺が出来るのはここまでだから後は自力で自分のやりたいことをやってくれ」といい主人は去っていった。

村人たちもやはり不信な顔つきでアメを見ていた。村人同士が話をしているとアメは「俺は別に西洋の悪人ではありません。ただ村長に会ってこの土地に起きた出来事を知り、地上絵というのを見たいだけです」と現ペルー語で話した。

これには村人も驚きいささか不信感を抱いたが、村長の住んでいる場所に案内した。村長といっても村で一番偉い人。古代文明の継承者でもある。例えると文明の支配者つまり王とも呼べるのだ。

この村の村長（この村の王）はアメに向かっていきなり槍で攻撃してきたが、村人がなだめて静かにしてくれた。冷静になった村長（王）は

「先ほどは本当に済まなかった。わしも下の者達も皆白人のことをこの土地、この国をのっとり、金目当てにやってくる卑怯者と思っているからなのじゃ。あんたの姿を見て、それを思い出し、ついかっとなってしまって本当に申し訳ない」

アメは「俺のような白人がこの国を滅ぼそうとしている？　今度その連中が来たら説得に

協力しますのでその時は呼んでください」

王（村長）は「あなたはこの国の人ではないのにえらく旧ペルー語がうまいんだね。あいつらは通訳もなしで土足でこの国を踏みにじりだしたんじゃ。あいつらは一年に一度やってきて、表向きはキリスト教を広めるために来たというが、本心は、この国を領土にしたいだけなんじゃ」

アメは「キリスト教は全然悪い宗教ではありません。領土拡大なんてもってのほかだ。俺はあなたたちを信じる」

村長（王）は「あんたはいい人だ、先ほどのお詫びにご馳走をしてあげるよ」と言い、夜は大祭りになった。

葉で鶏肉、ジャガイモ、米、魚を出して、塩とこの土地特有のたれで食事をした。話はナスカの地上絵の話になった。「ペルーにはナスカの地上絵というのがあると聞いていますが、どこに行けば見られるんですか？」

村人は「造作もないことさ。気球に乗って上から下を眺めればいいだけさ。今度連れて行ってやるよ」と言われアメはほっとした。村長から「今日から一週間後くらい、なんなら明日でもいいが……」

アメは「明日は少し早すぎると思うので、二、三日中にお願いします」と言い村長（王）は納得した。

なにはともあれアメの疑惑は晴れて今日はゆっくりと熟睡した。しかしここでも眠っているとシリョブカイの姿が見え、シリョブカイは何かをアメに言いたがっているがアメはよく分からなかった。

他の六騎士も見えたが、やはりよく分からなかった。

ふと目を覚ますと午前四時二十分頃だった。すがすがしくもあり寒くも感じられた。

この日アメは稲刈りの手伝いをして、お昼にご飯ととうもろこしと少し変わった食事をしたが、とても美味しく食べた。

この日の夜、村長は「早速だが明日ナスカの地上絵を見せてあげよう」と言った。

アメは「ありがとうございます」と喜んだが、村長は「残念だがナスカの地上絵は天変地異のため半分ほど崩れてしまい、見えるものもひび割れができてしまっているが、それでも構わないか?」とアメに尋ねた。

アメは「それでも構わないから連れて行ってください。旧ペルーに行ったら一度はナスカの地上絵を見に行けと言われていましたので是非お願いします」と言った。

村長(王)は「分かった。では明日の早朝出発するので今日中に準備しておいてほしい」そしてアメに早めに寝るように言い聞かせた。アメは明日の準備をし、早めに寝た。

次の日アメは山道を下りナスカという地名のところにやってきた。そしてバルーンで上空を飛び上から、地上絵を眺めた。崩れたものも多々あったが、くも、人、ハチドリ、矢のような細長い三角を見た。人も腹から亀裂が生じていた。

現ペルーの人達によるとこの絵は天の川の暗い隠れた部分を星座に見立てて描いたのだという。

さらに地球外から旧ペルーを眺めると十字の形が見られるという。一時間ほどバルーンでアメは飛んでいた。アメはとても興奮していた。

「こんな巨大な絵を見たのは初めてだ。何度でも見てみたい。どうやって描いたいのか分らないが再び見れるものならもう一度見てみたい」とアメが言うと「いずれまた見せてあげよう」と村長は言った。

「描き方は以前に解明されたんだが、今はもう忘れ去られている」村長はそう言って帰り支度をした。

村に着くと日は暮れて夜七時頃になっていた。アメが「地上絵を見せてくれて有難うございました。あれほど巨大だとは思っていませんでした」と言うと村人は「そうだろそうだろ。ナスカの地上絵は私たちの宝だからな」と村人は口々に言った。アメは村長に改めて「いずれまた、地上絵を見せてください」と頼んだ。村長は快く納得してくれた。

アメは（シリョブカイや両親にも見せてやりたかった）と心に思いながら、眠りについた。

こうしてアメは約二ヶ月を過ごした。そんなある日、下のほうから急いでやってくる車があり、車を降りて六時間もかかるところを必死に走ってくるものがいた。

村人の一人が「三日以内に町（港）に村長（王）が来なければ粛清をはじめる、とヨーロッパのものどもが言ってきたんだ」

アメは「俺も連れて行ってくれ。通訳を引き受ける」と言い村長は「分かった、すぐに出発しよう」と言い、準備をして出発した。

港には一日半かけて到着した。確かにヨーロッパ人が船に乗って何か話をしていた。遠くからだったのでアメにもよく聞き取れなかった。

ふと船のものがアメを見つけて「ヨーロッパ人のくせにそこになぜいる？」と言ってきた。アメは「キリスト教徒ならキリスト教的な柔軟な対応の仕方があるだろう」と言った。

ヨーロッパ人たちと中東の人々は「昔の人は、キリスト教を一応重んじていた。しかし今は時代が違う。貴様が邪魔するなら貴様から殺してやる」とアメに銃を向けた。しかしペルーの人々も武器を持っていたので全面戦争になる恐れがあったため、ヨーロッパ人と一部の中東の人々は「いいだろう、今日のところは見逃してやる。しかしこの次はないと思え」と言って去っていった。

アメは「あちらの通訳を通して見ていると、何か領土拡大と金目当て、そして自分たちの住んでいる場所の地形が崩れて、必死に移住先を探しているようだった」

村長が「アメはあちらの者につくのか?」と聞いたのでアメは「そんなことは絶対しない」と答えた。

村長は「あんたがこれほど頼もしいとは思っていなかった。本当に味方になると思っていなかったよ」

アメは「俺はあなた方と一心同体です。裏切るつもりはありません」ときっぱりと言った。

村長は先のことを考えていた。村長は村に戻ると、今度あいつらが来たときは戦いを避け自分の命と引き換えに国民の命と自由を認めてもらおうと決心していた。

村長は頼もしい部下に「万が一戦いになりそうになっても決して戦ってはならない。相手は確実に我々よりも上だ。回避することだけを考えていてくれ」と言った。

話が終わると屈強な男たちは出て行き、ばらばらに散った。(今日聞いたことは決して忘れないように)ときつく話しておいた。

この日の夜、アメはまたシリョブカイたちの夢を見た。ただ、いつもと同じく何を話しているのか分らなかった。ふと目をあけると夜明けだった。またいつものように食事をし、田畑を耕し一週間に一回の魚の調達に出かけた。

こういう生活を十ヶ月くらいしていたある日、またあのときのヨーロッパの船がやって来た。

村人は装備して港に向かったが、屈強な部下たちは私服だった。

不自然に思ったアメはこの者達に「何故武装していないのですか?」と聞くと村長の屈強な部下は「村長から戦っては駄目だと言われているからだ」と言った。

アメは、もしかすると村長は戦ってもこちらが勝てないのが目に見えて明らかだと感じているからかも知れないと思った。

アメが村長のところに行こうとすると、村長が先頭に立ってヨーロッパ人の船の方に近づいていった。そしてアメにも聞こえないところでなにやら必死に交渉しているようだった。

しばらくして村長はアメと二、三人の部下たちを残し、他の村人たちを帰らせた。不思議に思った村人たちだったが村長には何か秘策があるのかもしれないと思い、ちりぢりになって行った。

村長はアメと二、三人の部下たちを港町で港に一番近いところに泊まらせた。

この日の夜アメは村長が気になって仕方なく港の近くで待っていたがアメは嫌な胸騒ぎがしてならなかった。

次の日の夜になって「アメ、アメ、近くにいないか」と小声で呼ぶ男の声がした。

アメは眠たそうに「アメは俺だけどどうしたんですか?」と答えると「アメ、村長がヨーロッパ人の船で待っている。急いで来てくれ」と言うのでアメは急いでヨーロッパ人の船のところへ行った。

するとヨーロッパ人と村長とがおり、村長は手錠をはめられていた。ヨーロッパ人たちと一部の中東の人達は船に入っていった。アメと村長も船の中に入らされた。村長は牢屋の中に入れられ、手錠をはずされた。

村長はアメと二人きりにさせて欲しいと言うので、アメが通訳して理解したヨーロッパ人はこの部屋を出た。

村長は「アメ……私は三日後に処刑されることが決まった。恐らく公開処刑になるだろう。その代わりこの国を滅ぼさないで村人には手を出さないように頼んだ。アメが聖書という本を持っているのは知っている。キリスト教が悪い宗教ではないことも知っている。村人たちをキリスト教化してやってくれ。旧ペルーのときにもキリスト教が広まったときがあったので悪い宗教でないことは分かっている。これが私にとってアメに実行して欲しい最後の願いだ」

アメは静かに納得した。ヨーロッパ人たちにアメが「話は終わった」と言うと「それなら出て行け。生意気な白人青年」と言われて降ろされた。

次の日アメは村人にナスカの地上絵が見たいと根気強く説得した。

村人はそれよりも昨日の村長との話は何だったんだと周辺中から言われたが、アメは「何でもない。とにかく今はナスカの地上絵を見せてください」と言った。

村人は「仕方ない、俺が連れて行こう」と言い案内され気球に乗り上からナスカの地上絵を見た。

アメはシリョブカイも旧イギリスの自然信仰よりもキリスト教を重んじていたんだな、と思った。そして村長の……この島の王としての意地と責任を痛感していた。

地上絵を見終えて村人と一緒に港へ戻った。アメはどのようにして村人にキリスト教を広めようか考えてもいた。村長のためにも絶対成し遂げなければならない課題となった。

そして村長が処刑される前夜、またシリョブカイが現れたが姿を見ただけでシリョブカイは突っ立っているだけだった。


そしてアメが目を覚ますと村長が処刑される当日だった。

午前八時頃、ヨーロッパ人たちと中東の者達が船から下りてきた。村人達がそれを見て港周辺がざわざわしてきた。

ヨーロッパ人や中東の者達が丘のあるところまで連れて行けというとアメは村人に「言う通りにして欲しい」と言い村人たちは丘のところまで中東、ヨーロッパ人たちを連れて行った。

村人やアメ達もついて行った。そして一番最後に村長がやって来た。手錠をしたまま……。

村人は「アメ……これはどういうことだ」

アメは言った。「村長はみなのために戦わずに問題を解決するには自分が処刑されて皆をキリスト教化させるのが、一番よいと思ったんだ」

村人は、何だって？　こんなやつらの言いなりになるくらいなら戦って死んだほうがましだ。など色々と声が出てざわめき始めた。

すると村長は手錠をはずされ、処刑される寸前に彼は右腕をさっと上げた。この堂々とした村長の落ち着いた態度を見て、その場は一瞬にして静まり返った。

アメは（これが王として民を思う心。王としてのプライドと責任……そして王としてのけじめ……なんと偉大なんだ……）そしてついに首をはねられ処刑された。

この瞬間、屈強な人達（村長の部下）の態度を見て皆戦おうとはしなかった。しばらく愕然としていたが、涙を流す者の後が絶えなかった。

村人は「これからは別の町へ行ってキリスト教を勉強するよ」とか「隣町へ行けば聖書も売られているから、この村を出るよ」などと言い、村人たちはぞろぞろ去っていった。

ヨーロッパ人と中東の者達がアメに話しかけた。「お前は我々の船に乗れ」と言われ船のところまで銃を突きつけられ、連れてこられ船に乗せられた。

船長に「お前はどこか行きたい場所はあるか？」と聞かれたとき、なぜか「旧イスラエル」

と答えてしまった。船長は「旧イスラエルには三日ほどかかる。それまでそこにいろ」と言いベッドのある部屋に押し付けた。アメは「なんて乱暴なやつらだ」と言いその場所で今日は一日を過ごした。

この日は一日中旧ペルーのことを思っていた。食事は黒人奴隷のような人が持ってきてくれた。

アメはその人のためにその人の母国語で話した。彼はたいそう喜んで、こちらに来るのが楽しそうだった。その黒人はなぜ自分の母国語が話せるのかとか旧アフリカのどこに行ったのか？　何カ国旅行に行ったのか色々聞き返してきた。アメは超能力のことや、これまでの経緯を話した。

そしてあっという間に三日間が過ぎた。そして旧イスラエルに投げ出されると船はすぐに出発した。

この国は天変地異というより戦争被害でぼろぼろになった国のように見えた。

アメは港町で一番の中心街がどこか聞いてみた。すると旧エルサレムと言われ、行き方も聞いた。

旧エルサレムに着くと、英語でとりあえず宿屋へはどこへ行けばいいか聞いてみた。すると英語で話すたびに白い目で見られた。

今回はイギリス訛りでもない普通の英語を使っていたのだが、アメはなぜ英語で話すと白い眼で見られるのか不思議でならなかった。

アメは意を決してイスラエル語で話してみた。するとこれまでとはまるで正反対の対応が生じた。まるでこの人は信用できると言わんばかりだった。

アメはイスラエル語でなぜ英語で話すと皆離れていくのかと聞いてみると、

「二十一世紀の終わりのときから二十二世紀にかけて第三次世界大戦が勃発し、アメリカの軍隊はアメリカ軍こそ正義の軍隊といい、色々な国を巻き込んで粛清を始めた。それはこの旧イスラエル、特にエルサレムにひどい痛手を与えた。ヨハネの黙示録の鷲はアメリカ軍を表すといい、強引に説明づけて世界中に戦争を吹っかけた。それが第三次世界大戦になったんだ。メギドがどこか忘れたけれど、ここで最終戦争が引き起こされるといわれた場所は、平和な土地で、実際第三次世界大戦は以前から言われていた最終戦争の場では起きなかった。だから私たちへブライ人はドイツを憎んだようにアメリカを憎むようになってしまったんだ」

アメは「だから英語を使うと白い眼で見られていたのか」とようやく理解した。

アメは一文無しだったので、泊まるところをまず探し、その場所で一日ただ働きをして二日目からお金を貰うことに決めていた。

一週間位したある日、イスラエルでハヌカという祭りの間、子供たちの遊ぶ遊びがあり、八日目にドライデルという遊びをしている子供たちを見つけ非常に驚いた。

この遊びはコマに面が四つあって文字が書いてあって、それを回した面が出るところをかけるゲームで、自分の持ち点をレーズンやお金、ナッツやビスケット等をかけて遊ぶゲームだった。

アメは（シリョブカイ、なぜあんたはこれと同じゲームを知っていたんだ。シリョブカイはイスラエルに来たことがあるのか？　もしそうだとしたらイスラエルに来て体験したことは自分の体験をそのまま当てはめる境遇に立たされたことになる。なぜこんないまいましい体験をした場所の遊びをして遊んだんだろう。シリョブカイは旧イギリスから出たことがあるのか）とアメは驚いた。

（シリョブカイは俺に何を伝えたかったんだ）

アメはしばらく教会めぐりをした。するとやはりここでもイエス・キリストの頭には円と十字の図形が描かれている。これはどういう意味だろうと思った。

アメはイエス・キリストが生まれた旧ナザレに行こうと思った。ヒッチハイクで旧ナザレまで到着すると、旧ナザレは荒れ果ててしまっていて見るものがなかった。旧ゴルゴダの丘も同じように荒れ果てていて、人っ子一人いない場所だった。

アメはアメリカという国がどうなったのかを知りたくなり、旧エルサレムに向かった。ここはまだ都会で人も数千人はいた。

聞いてみるとアメリカもただでは済まず、広大な土地のアメリカは最後の審判を受けて、がたがたに崩れたといわれている、と言っていた。

アメハは「色々な国を旅しているのだけれど、どこか行くならここに行って見るといいというところはありますか？」と色々な人に聞いてみると、

「日本というアジアの国へ行ってみるといい、かなり有名な国だよ」と言われ、日本に行く決意をした。そしてこの日の夜、日本行きの船に乗り日本に向かった。

アメが船の中で寝ているとシリョブカイが見えた。その顔は困ったような顔をしていた。アメはすぐに降りて旧エチオピアで降ろしてもらった。その日は野宿した。そして急遽船で旧イスラエルに戻った。

旧イスラエルではシリョブカイが見えたとき、文字が気になった思いがした。そこで旧イスラエルで用いられる文字を見た。通常のヘブライ語は一般過ぎると思い、しばらく調べるとフェニキア文字に行き着いた。

このフェニキア文字の中にテート（ス）と呼ばれる円と十字の文字を発見した。アメはこの円と十字には何の意味があるのだろうと思ったが、シリョブカイが少し困った顔をしてい

たのはこれに気付いていなかったためだということに気付いた。

（三週間ほど経過した）そしてその日の夜に再び船で日本に向かった。すると夢の中にシリョブカイが見え、にこやかに笑っていた。

日本に着くと日本は小国になっていた。だが数万人は生きていた。

日本では古史古伝といわれる日本の宗教の古代文献が普及していたが、キリスト教も残っていた。

アメはほっとしてキリスト教会に入っていくと、やはりイエス・キリストの頭のほうには円と十字の印が書かれていた。だが日本はこれまでの国と決定的に違うところがあった。それは日本伝来の古史古伝との合体である。

純粋なキリスト教を信仰するアメはすぐに日本を離れようとした。その日の夜夢でシリョブカイが出てきて「イースター島に向かうんだ」という声を聞いた。シリョブカイの声を聞いたのは本当に久しぶりだった。次の日早速イースター島に向かうことにした。


イースター島には三、四日後に着いた。アメは「ここに何があるんだ」と思っていると、巨大な顔の遺跡が目に付いた。そして謎の文字ロンゴロンゴ文字を見ていると突然眠くなって寝てしまった。

夢の中でシリョブカイが、この老人の生涯を知るのだ、と言った。この西洋人風の赤髪の老人は、高い鼻と薄い唇、赤い髪の毛、日にこそ焼けていたが皮膚は明らかに白人のものだった。長く垂れ下がったあごひげも目立った。

この老人に白人がオランダ語、スペイン語、フランス語、英語と色々と話しかけている様子を見た。この老人は無表情で何の感動も浮かべていなかった。

この言葉を話している者達は船乗りだったのだが、この老人がイースター島にある不思議な石像つまりモアイ像によく似ていることに気付いた。この老人は実はこの島の最初の住人の子孫なのだ。

今は死に絶えて一人しかいないが昔は沢山いたらしい。東洋人系の祖先は褐色の皮膚をしていたが、白い肌の者達もいた。と住民は話していた。

アメは夢の中で「この老人は自分と同じ肌をしている者達が来たのに言葉が通じず言葉が通じるのはこの島の島民だけ。しかもここの言葉を話せる西洋の原住民は私だけ。自分が死ねば白人種の起源は途絶える。私の心は孤独のうちに死んでゆくのだ」

アメはそう思うと眠りながらこの老人のために大粒の深い涙を流していた。

目を覚ますと、住民のところへ行き、泊まらせてもらった。

また眠りに入ると、白人の長いひげを生やした老人が現れて優しく落ち着いた声で「王とはどんな存在でなければならないと思う?」と言ってきた。

アメは高貴な人物と思い、慎重に敬語を使い語りだした。

「王とは人々の喜び、悲しみ、苦しみ、痛み、楽しさを共有できる存在でなければならないと思います。愛情のない王など王とは呼べないと思います。また王とは人の命を、魂を軽く見ず、愛情を尊重するものでなければならないと思います。そして王とは人々のために耐えしのぐ者でなければならないと思います。王とは自らの魂にけじめをつけるために犠牲にしても構わないと思う存在こそが王でなければならないと思います。耐え忍ぶ、けじめをつけるとはナスカの王から学んだことです」

神は「そうか……分かった」と言い、少し悲しい表情をした。

「では、人間とはどんな生き物でなければならないと思う?」と聞かれ、少し迷ったが、

「人間とは地上で生きるものの中で一番尊重しなければならない生き物だと思います。自然信仰で動物なども神聖視していたと思いますが、俺にはキリスト教と同じくらい重要なのかよく分かりません」

神は言った。

「動植物を思いやる心は大切だが、神聖視する必要はない。なぜなら、動物や植物にも愛情を注ぐという行為ができるのは神と人間だけだからだ。これは動植物にはまねできない。できても一部だけで限界もある。だから自然信仰は必要ない。動植物が人間になることはできないのだから……動物は愛着がわいて主人に仕えるかもしれない。しかし人間のように看

病したりするようなことはできない。人間と人間の架け橋になることはできても感謝されてもやはり動物は動物、信仰する必要はない。つまり動植物にも愛情を注ぐことが出来ることこそが神と人間の偉大な共通点である」

神は「王と神は同じだ。よくここまで成長した、期待以上だ」と言い、「では神と人間の共通点を考えられるだけ答えてくれないか」

アメは「人は神と同じ姿で造られた。そして神も人も多くの動植物に愛情を注げるところが重要で、人と動物は違う。王とは責任と民を思う心、そして民のために死ねる覚悟ができているものが王でなくてはならない。そしてあの世の王とは神です」

それを聞いた後、神は「人は動物のように性行為をして生まれてきては駄目で、本来は霊体でいなくてはならない。霊体でいなくてはならないとは、悪魔が人を生ませることによって人に苦しみを与えるのである。例えば、赤ん坊や赤ちゃんと表現されるのは生まれてくる者に血が通うためにこう表現されるのだが、血が通うということは、皮膚が切れると痛みが走り、血が流れ、最悪の場合死ぬ。これを狙って悪魔は人を生ませようとするのだ。そしてなぜ人の命が大切なのかというと、人は動植物よりも尊い行いができるからだ」

さらに「神とは全宇宙を創造したものすごい存在でなければならないか、それとも全宇宙を創造したわけではないが、地球創造に関与しており人の心、人の命を、愛を尊重するものこそが神であるべきか、どちらが神と呼べるか」と聞いた。

アメは答えた。「全宇宙を造った存在より、宇宙もいくつか創造したが、地球も創造し人の愛情も重んじるものこそ神と信じます。なぜなら全宇宙を創造した存在に近いものが仮にいたとしても、人の心、人の愛情を大切にしない者は俺は神と認めたくはない」

神は心から微笑み褒め称えた。神とアメの言う王との違いは唯一宇宙を創造したかしてないかの違いだけだ。

神が「シリョブカイ、こちらへ」と言うと、シリョブカイが現れ、「アメ……お前の旅はここで終了することも可能だ。しかし超能力を持ったまま自由に旅をすることもできる。アメ、お前の目の前にいる白髪の長いひげを生やした西洋風の老人こそ神であり、主であり、ヤハウエであり、ラ・ムウである。イースター島の老人はラ・ムウの孤独のようであった」

アメは不思議に思った。なぜならアメがラ・ムウという神の名を聞くのは初めてだったからだ。

シリョブカイは引き続き語った。「神ヤハウエ・ラ・ムウ自ら創造した人類が悪魔に奪われ、多くの信仰を奪われ、多くの数え切れない数の人口を死なせてしまったからだ。神はそのため自分を責め、とてもつらく悲しい思いをしたのだ。自分を信じたために殺されていったという気持ちにかられて……まるで自分の人種が奪われる思いだった」

これ以上つらくさびしいものは他にはないと思い、アメは深い涙を流した。ここに十字架にかけられたイエス・キリストが現れた。アメは一目でこの存在はイエス・キリストだと直感した。

イエス・キリストはこう言った。

「神ヤハウエ・ラ・ムウは今、蛇、堕天使と戦っている最中だ。今までの話は直感的にラ・ムウに伝わる。シリョブカイがなぜ日本という国を素通りさせたのかというと、日本にはカタカムナと呼ばれる円と十字で表現される図形があり、これこそが私の絵を表現するときに用いられた記号。この円と十字で表現される図形が用いられているカタカムナは二元論であったり、農業の合理的栽培法なども書かれているが、人の命とはどんな原理で出来ているかとか、人の心とはどのように出来ているか等、他に人の魂とはどのように出来ているかなどを科学的に解明しようとする表現があるために、シリョブカイは日本からすぐに旅立たせたのだ。ラ・ムウという神の名はイロハ文に出てくる。「ツネナラムウ」と書かれている。「ナラムウ」は「名ラ・ムウ」とも読めるため一応、神の名が継承されている。標準的な円と十字の文字もホツマツタエという古史古伝に伝わっている。起源はカタカムナのほうが古いためカタカムナの影響が生じて象徴的に円と十字が継承されたのだ」

「アメ……あの世に行ったら他の六人とも一緒に他に数多くの人と遊ぶことができるぞ」とシリョブカイは言った。

アメは「白い馬にも乗らないと。シリョブカイとの約束だからな」と言った。

そして隣に六騎士が現れた。「俺たちも遊びに混ぜてくれよ」

アメは夢の中で微笑んだ。「だが神の重積は重荷になってくるだろうな」と六騎士は言った。

アメが「何のことだ？」と夢の中で言うと、シリョブカイは「アメ……お前は三代目の神となるのだ」

シリョブカイは「我々はアメのサポート役になっている。色々な問題が生じたとき色々と対処する。アメ……俺はミカエルに該当する」

イエス・キリストが出てきて「夜空を見てくるんだ」と言われ、アメはゆっくりと目を開けて、外に出て星空を見上げると、強い光が十字になっているように見えた。

「これはグランドクロスか？　先ほどの夢は夢ではなかったのか」と思い、アメは「シリョブカイ、俺はあんたに匹敵するだけの存在を目指す。あんたにサポートされなくてもあの世を維持できる頼もしい存在になるための精神を養うための旅に出る。それでいいだろ、シリョブカイ？」

するとシリョブカイの「喜んで受けてたつぞ。アメ……それでこそお前だ」という声を聞いた。しばらくすると別の声が聞こえた。

「アメ……ヒノモト……いずれお前の宝となるだろう……」しばらく声が途絶えたが、神は語りだした。

「私は蛇、堕天使と戦っている。アメ、そして全ての人々よ、人は動物や植物ではない。人間はいろいろな生き物に愛情を注ぐことができる。それは尊いことなのだ。実は人間は生まれてきては駄目なのだ。人間は霊体としてあの世にいるのが一番正しい。動物と人間は違う、というのはここにも反映される。人間が生まれたからには育てなくてはならないが、成長するに従っていろいろな生き物に愛情を注げばいいのだ。男はそれでも幸せになるが女は男と一緒にならなければ幸せにならないというのが世の慣わしとなっている。ここが決定的に問題なのだ。いろいろな生き物に愛情を注げることができるから、人の心、人の命は大切にしなければならないのだ。それを忘れてはならない。アメ……時が来れば必ず会える。その時を待っていてくれ。アメそしてあの霊体達が永遠に天国にいられるなら、私が一時的に消えても構わない。なぜならあの霊体たちは私を愛してくれ、非力ながらに共に戦う決意をしてくれるだろう。私はその心だけで奮い立つ。私はあの霊体たちのために戦うことを決意した。天国の者達のため、たとえこの身が滅びても最後まで戦い続ける。そして私は何度でも復活する。あの天国の者達が私を忘れても私はお前たちを忘れない。あの者達が天国にいられるのならそれだけでいい……」という声を聞いた。

アメは神の決意を聞き、そしてアメは船に乗り旅に出た。

神を信仰するものは必ず神とおり、神といるものは死ぬことがない。

神も私たちを忘れはしない。神は何度でもよみがえり、必ず勝利をつかむ者である。

私は神であり、主であり、ヤハウエであり、ラ・ムウである。

私はイエス・キリストとアメと共に存在する永遠の神である。

＊人は女性と性行為をして子供を産むが人は生まれないほうがよい。しかし子供が出来て命の大切さを知り性格が丸くなる男性もいる。そのため結婚全てを否定するわけではない。子供を四人五人と産むのは考えものだ。そしていつまでも幸せでいるということはありえない。

＊ヒノモトとは「日《ひ》の本《もと》」で、古代では「霊《ひ》の元《もと》」と呼んでいた。

＊なんととは「南斗」で、中国では射手座を表す。

＊アメはカタカムナ文献から選んだ言葉。

＊なんとかこんとかという言葉が愛おしい。なんとは南斗。こんとはコント。笑いをなくしたら人は生きていけない。

偉大な自然

あるとき、きこりに育てられている子がいた。子は病弱できこりと二人暮らしをしていた。きこりの名は勝義。病弱の子はひろしといった。勝義はひろしに毎日まきを採りに行かせていた。ひろしの病気は心臓病だが比較的軽かった。勝義はひろしに「丸太を運んでくれ」といい、毎日丸太を運ばせていた。

ひろしは丸太運びは苦にならなかった。ひろしは毎日丸太を運んだ後の勝義とだんろでひと時の安らぎを感じるのが何よりも大好きだったからだ。

勝義はひろしの病気が悪化しないようにするため、ひろしを学校に連れて行っていなかった。ひろしは養子だったが両親のことは話そうとしなかった。

夜になって一段落すると、勝義は暖炉を準備してひろしのために部屋を暖かくしていた。

ひろしに勝義は「暖炉が入って部屋を暖かくしておいたから中に入るといい」と言い、ひろしはいつもの勝義のこの心遣いがとても嬉しかった。

ひろしが部屋に入ると、部屋はとても暖かくなって、ひろしはこの暖かさが勝義の優しさの投影のようでとても感謝していた。

勝義はひろしに「薬を飲んで早めに寝るんだぞ。明日は冷えるらしいからな」と言った。ひろしは「分かった」と言い二階に上がっていった。

朝になって景色を見ると白銀の世界になっていた。ひろしは自然の景色の変化が大好きだった。

勝義はひろしのために朝から病院に行って三ヶ月分の薬を貰いに行っていた。家に帰るとひろしに「薬を飲むんだ。今日は寒いから部屋から出ずにじっとしているんだぞ」と言い、ひろしは「ああ分かったよ」とうなずいた。

勝義は自分ひとりでまきわりをしていた。ひろしは家でじっとしていた。勝義は一服するため家に戻り、ひろしのために暖かいコーヒーを作ってやり一緒に飲んだ。

勝義は副業でコーヒーショップというかペンションのようなものをしていた。しかしお金にこだわらない勝義はいつもまき割りに精を出し、コーヒーショップ兼ペンションは気まぐれでやっていた。

勝義は夜になると家に帰り、ひろしに「山の冬は寒いが白銀の世界は神秘的で素晴らしいものがあると思うのだが、ひろしはそう思わないか？」と聞いてきた。

ひろしは「寒いけど雪が白く銀色に光るのはとても幻想的で嫌いじゃないよ。寒くさえなければ言うことなしなんだけど、それは自然の摂理だから仕方ないね」と言った。

勝義はひろしのため街中で住むことも考えたが、病気には自然療法が一番いいと思い、人里離れた田舎に住むことに決めた。

ある日、勝義はひろしのために山の材料で食事を作った。きのこ、しいたけ、しめじ、たけのこなどなど……アルミホイルで蒸して塩、しょうゆ、バターを使って作ったこの料理とスープで夕食を作った。

ひろしはとてもおいしそうに食べていた。こういう食事はいつも勝義が作っていた。

勝義はひろしが喜ぶ姿を見て満足していたが、心の中では〝ひろしの病気を治すはできないだろうか〟と常に思っていた。

勝義はひろしが寝たことを確認すると、いつも山の滝のほうへ向かっていた。

滝へ着くと、行水をしながらいつも〝ひろしの病気が良くなりますように〟と願をかけながら毎日朝を迎えていた。そして六時ごろに帰るとひろしを起こしてまきを拾わせていた。

そしていつものようにひろしに「まきを持ってきてくれないか」と頼み持ってこさせた。

ある日、勝義は食事のため山中に入りできるだけ食料を採っていた。すると山の頂上から下山してくる人達と遭遇して素通りしようとしたときにあることを耳にした。

「この山はもうじきリゾートにするために森林を完全に切り取ってしまうんだって。何でもスキー場にするらしいよ」

「本当かい？ それ。参ったなあ……もうこの山の散策もできないな……」と言っていた。

勝義はそれを聞いてしまい「あの失礼だが今の話は本当ですか？」と尋ねた。

すると「ああ……本当ですよ。来年ごろから伐採が始まるのではないかと聞いていますが……この山は開けているわけではないし、登山道が特にあるわけではないので、上り下りが大変でしたが、なくなってしまうと思うととても残念です」

そう聞いた後、勝義は登山の人と別れて再び山菜を探し、その後家に戻った。

ひろしは家で留守番をしていた。勝義は何か考え事をしていたが「ひろし、これから昼食を作るからまっていろ」と言い昼食の準備を始めた。

食事を終えると、勝義は久しぶりにコーヒーショップとペンションの掛け合わせのところへ行き、客がきたら話を聞いた。その話とは山の森林伐採のことだった。

「あの少し聞きたいのだが、あの山の森林を伐採してスキー場にするというのは本当か？」

客は無骨な質問の仕方に戸惑ったが「その話はこの辺りでは有名ですよ。もうじき完全になくなるのかと思うと淋しいですね」と言った。

勝義は「何か説明会を開く場とか、設けられていないのか」と尋ねると、「説明会が開かれると思いますけど確か3ヵ月半後くらいだったような気がします」といった。

「場所は？」と聞くと、「確か町中の公民館だったと思いますけど……参加するんですか？」と聞かれ、「金は取らないんですか？」と聞き返し「確か無料だったと思いますが……」と言った。

勝義は気が済んだので注文を聞き忘れていたので注文を聞き、コーヒーをサービスした。

家に帰るとひろしに夕食を作ってやり、薬を飲ませて寝かせた。勝義はいつものように滝に打たれていたが、願いが一つ増え、ひろしと共に生活しているこの場所を無くさないでくれ、そしてひろしの病気を治してくれ……と強く願っていた。

約三ヶ月が経ち、山にも春が訪れた。勝義はひろしを連れてドライブに出かけた。

ひろしは「どこ行くわけ？　珍しいね……」と言い、勝義は「来れば分かる」とだけ言った。

場所に着くと勝義はひろしを連れてしばらく歩くと桜が満開に開いているところに連れて行った。

勝義が「どうだ、きれいだろう」と言うと、ひろしは「確かにきれいだと思う」と言った。ひろしは勝義がなぜ桜を見せに来たのか、この風の吹き回しはなんだろうと思った。勝義は「自然の美は白銀の世界だけではない。こんな素晴らしい景色もあるんだ」と言い桜の素晴らしさを語った。家に着くとひろしは疲れてすぐに眠ってしまった。

次の日、勝義はいつものようにひろしに「まきの用意をしてくれ」と頼み、まきの元を持ってこさせた。勝義は丸太を見せてひろしに「この丸太もそうだが木には年輪が刻まれている。その木の年輪を数えるとその木の年齢が分かるんだ。木も草もあらゆるものに年齢があり、受粉することで再び生い茂る。種で増えるものもあるがそうやって自然は循環して自然を保って生き続けるのだ」ひろしは黙って聞いていた。

家に着き夕食を食べて寝ていると、次の日ひきつけを起こし、もがいたためベッドからはみだして失神していた。

勝義が二階に上がっていくと、ひろしが失神しているのに気付き、すぐに近くの病院に連れて行った。

すると医者は勝義に「息子さんがどんな病気にかかっているかご存知ですか？」と聞いてきた。

勝義は「いいえ、よく覚えていません」と返事した。

医者は「息子さんはファロー四徴症です」勝義は「ファロー四徴症……」と言い、何の質問もしなかった。

医者は「息子さんの見た目から判断するに年は十二から十三歳ごろくらいですね」

勝義は「十三歳です」と答えた。

医者は「現代の医学ではファロー四徴症は発見が早ければ治りますが、年齢的に微妙ですね」と言った。

勝義は「手術はいくらくらいかかるんだ」と聞くと医者は「お金の問題より息子さんの体の問題のほうが深刻です」

勝義は「お金はいくらでも払う。だからひろしの病気を治してくれ」と頼んだ。

医者は「分かりました。半年ほど入院させましょう」と答えた。

勝義は「ありがとうございます……」と返事した。

医者は「病院に入院していなかったかもしれませんが、自然療法は無駄ではなかったと思いますよ」と答えた。

この日から勝義は家に帰り、滝に打たれながら、願をかけ、コーヒーショップ兼ペンションの営業に専念するようになった。

ある日、勝義は公民館へ出かけた。例の森林伐採についての説明を聞くためだった。

公民館に着くと四、五十人集まっていた。

市の人は「えー、森林伐採、リゾート地、ゲレンデ、スキー場工事計画にお集まりいただき真にありがとうございます。ではこれから、なぜ森林の山を伐採してスキー場を建設するのかを説明していきたいと思います。まずこの村は人口が少なく活気がなくなってきておりまして、若い人口を増やすためにもスキー場を作り、活気を取り戻そうと考えたのです。ここは山間部ですし、その山間部を生かすためには何をすればいいかと考えたとき、冬場のスキー場を建設するのが一番いい方法と考えたのです。そこで皆様にも協力してもらおうと思い、ここに集まってもらったわけです。ご質問はございませんか？」

住民の一人が「そんなことをしたら景観を損ねるじゃないか？」と言い、住民たちも一斉にそれに賛同した。

「客が来ると言ったって冬場だけだろうが……」と言ってくるもの、「若い層ばかり中心に考えているのじゃないのか」等いろいろ文句を言っていた。

勝義はスタスタと前に来て「俺はこの村で一生暮らそうと思っている。息子は病気だし、この場所で息子に自然療法が一番いいのではないかと思ってここに来た。森林伐採などされるとここに住めなくなってしまう。あんたらの好き勝手に自然を台無しにされたくないんだがな……」

企業の人物はこう言った。「あんたがここで住めなくなるというのであれば、住む場所を変えればいいだけの話でしょ。あんた一人のために計画を台無しにされてはこちらのほうが迷惑なんですよ」

勝義は「何だと……村の人達は皆反対しているだろうが……あんたらのせいで村の人達がめちゃくちゃにされたらどう責任を取るつもりだ」

会社の人は「その時はその時でまた考えますよ……あんたにとやかく言われる筋合いはないですね……」と言った。

勝義は怒り口調で「こんな説明会来るんじゃなかった。もう二度と来ないからな……。俺は帰らせてもらう」と言って出て行った。

村人たちも「そうだ、そうだ。私たちも帰らせてもらう」と言いながら皆帰って行った。

説明会は途中で打ち切られる結果となった。会社の人は「あのでしゃばった人物……今度来た時は警察に引きずり出してやる」と言った。会社の方は早速警察に連絡を取り、今度の説明会の時に来てもらうように手はずを整えた。

一方勝義は、心の中で〝俺はひろしと住むために永住の地としてこの場所を選んだ。まきにしやすい杉の木がたくさんあり、まき割りに事欠かず村人とも仲良くいられ、野草や山の幸も手に入る。とても住んでいて居心地がいい。山の恵みと村人からもできるだけ静かに暮らさせて欲しいという願いにも協力してもらっている。この場所……この山が好きなんだ……。この山を取られたら俺たちに何が残る？　絶対あいつらの思いどおりにはさせないからな……〟と強く思いながら帰って行った。

次の日、病院に勝義が行くと、ひろしはベッドに横になっていた。

勝義はひろしに「この村が好きか?」と聞いた。

ひろしは「嫌いじゃないよ、居心地いいし……」と返事した。勝義は「そうか……聞きたいのはそれだけだ……病院では安静にしていろよ。……」と言って家に戻って行った。

勝義はそれから家に戻り黙々とペンション兼コーヒーショップ、まき割りと精を出し半年が過ぎた。

勝義が病院に行くとひろしがいた。

ひろしと一緒に医者に病状を聞くと、「入院したときよりだいぶ良くなりました。これからは通院でもいいですよ」と言われ、勝義は「では、通院でお願いします」と言い、医者は納得してこの日ひろしは半年振りに家に帰った。家に着くと疲れたのかすぐにベッドに横になって寝てしまった。

次の日ひろしは朝早くに起き朝食を食べ、勝義からいつものまきを持ってこいと言われ、その手伝いをしていた。

十月下旬になって再び例のスキー場の説明会が開かれることになった。勝義は意を決して再び公民館に行き、きっちり諦めさせようと思っていたが、企業のほうは先手を打って公民館で話すのではなく現場に行くことになっていた。

ひろしもついていくことにした。

現場に行くともう話し合いがされていた。勝義が前に出ると企業の人が、

「またあんたか……これだから田舎者は困るんだよ。世間のことをまるで分かっていないから工事というとすぐ反発してくる。全く困ったもんだよ……対処する側の身にもなって欲しいね。他の村の人達は何とかなっているけれど、今逆らっているのはあんただけだよ」と言ってきた。

勝義が様子を見ると、確かに全体的に静かになって諦めている様子だった。

勝義は「ふざけるな。貴様らのような奴らのいうことなど聞けるか」と怒鳴りつけ企業の人に殴りかかった。

その時警察が押さえ込もうとしたが抑えきれず、五、六人の警察官を殴って彼らのあばら骨を折ってしまった。それを見ていた警察官が一刻の猶予もないと思い、警告もせずに勝義に発砲し、勝義の胸の辺りと心臓の辺り二箇所に弾が当たった。

勝義はその場で倒れこんだ。

ひろしが近づくと勝義はひろしに「自然は力強く生き続け、長い年月を経て衰えていく。自然に身を任せて生き続けるんだ」と力を振り絞って語り、息絶えた。

ひろしはショックのあまり声が出なくなってしまった。

ひろしも勝義も病院に連れて行かれ治療された。勝義は即死だった。

勝義は三日後に葬式を挙げた。ひろしも病状が悪化し入院することになった。

一月ごろに病状が安定しだしたが、まだ入院中だった。

四月下旬頃になって病状が安定しだしたが、まだ油断できない状態だった。しかしひろしは医者に無理を言って外出させてもらった。

ひろしは以前、勝義と一緒に住んでいたところに行った。そこにあるペンション兼コーヒーショップも売りに出されていた。

そしてひろしが気がかりだったスキー場建設は着々と進み、杉の木林はほとんどなくなっていた。そしてひろしは、勝義と以前に見た桜の木があった場所に行った。

するとそこは桜が満開になっていた。ひろしは片言で「森林は今はなくなってしまったけれど、前に見た桜の木は今も満開だったよ……」と言い、しばらくじっと眺め、そして再び病院へ戻った。

十月になって、孤独からか、精神的にもかなり参り病状も悪化していた。医者は「今夜が山だな」と言い、手術の準備に取り掛かった。

ひろしは麻酔をかけられ眠っている。ひろしは夢を見ていた。

夢の中に勝義が現れ「お前は心配する必要はない」と言い、ひろしは「父さん」と大きく叫んだ。

勝義は「父さんか……初めてそう言ってくれたな……とてもうれしいぞ」と微笑み、そして姿が消えた。

目を覚ますと医者が「よく頑張ったね……手術は成功だ」と言った。

ひろしは一週間後退院した。村の近くでは紅葉が美しい景色を作っていた。

ひろしは紅葉のある公園で立ち止まり、「父さんとも一緒に同じ紅葉を見たかった……」とつぶやいた。

あとがき

はたして真意をお伝えできたかどうか——。

本書に収録したこれらの物語は、もともと『真実の聖書』という本として刊行するために準備してきた一連の文章から三本を選んで構成したものである。いわば、先にダイジェスト版を刊行したようなものとも言えよう。

そもそも書籍というものは、いったん著者の手を離れたらひとり歩きし、読者の手に渡ってからはそれぞれの読者の解釈に委ねられるものである。それがあたりまえのことではあるが、こと本書に至っては、ある程度の真意をお伝えできていなければ——この本をお買い上げいただき、さらにはこのあとがきまで読んでいただいたことには大変感謝しつつも——私は『真実の聖書』の一部を刊行することによって「人類に対して真実を送り届ける」という、己に与えられた「役割」をまったく果たせていないことになってしまうのである。

そうした理由から、言い訳がましくなってしまうことを理解しつつも、あえて本書の本編たる『真実の聖書』について書くことで、本書の真意を少しでもお伝えできるのではないかと思い、あとがきを書いている。

実は著者は以前より病気を得ている身で、日頃から臥していることが多かった。しかし、その日々において、本来の人間のありかたについて考えることや気付くことに恵まれてきたのも確かである。また、現在の人類が陥っている精神的混迷の本質や、これからあるべき姿、そしてそこに至るための道筋を掴めてきたように思うのである。

たとえばそれは、西洋においては聖書を根底とする思想に端を発するものであったり、本書に出てくるような古代遺跡から現代に通じるエッセンスであった。また日本においては、伝統的な哲学的思惟にとどまらず、古来——記紀神話や古神道も重要だが、さらに遡ってたとえば超古代の「カタカムナ」と呼ばれる文明から——の精神文明と現代人類の関係性などからも示唆を得たものであった。

そして、私のもっとも重要な作業は、自ら得たそれらの気付きについてその本質をわが身の内に容れ、われわれ人類が今後どのようにあるべきかを答えることであった。

このような経過で考え続けてきて、最近になり回答の準備がほぼ出来てきたように思われた。そこで、その成果をわかりやすく「物語」という形式として公表することで、この激動の現代に生きる人々の指針となるべき『真実の聖書』を創りあげようとしてきたのである。

しかしながら、やはり病の身でもあり、執筆だけでも困難を極めてきた。全編を刊行するという遠大な道筋を分割し、何はともあれ手始めに三つの物語を選んで刊行したのが本書である。

その三編の中でも特に「伝説へ」において、イギリスの古代遺跡を当てはめていくことはなかなか手間のかかることであったことを告白しておきたい。

未熟な筆であることにご寛恕いただきつつ、今後の展開にご期待いただければ幸甚である。

城正真宏

感動の物語

2008 年 11 月 28 日　初版発行

著　　者　　城正真宏（しろまさ　まさひろ）

発 行 所　　今日《こんにち》の話《わ》題《だい》社《しゃ》
東京都品川区上大崎 2-13-35　ニューフジビル 2F
TEL 03-3442-9205　FAX 03-3444-9439

印刷・製本　　プリコ

ISBN978-4-87565-587-9　C0093